AF211047

A n n a

Mehr ist nicht genug

AnnaVictoria Suks

Vorwort

Anna, eine junge, sehr attraktive Frau mit Familie, braucht mehr als der Alltag hergibt. Ihre Fantasie bringt sie manchmal an den Abgrund. Dennoch kann sie nicht davon lassen, sie meidet komplizierte Beziehungen, die ihre gute Ehe gefährden könnten.

Begleiten Sie Anna bei ihren Versuchen, jeder Situation im Leben eine lustvolle Seite abzugewinnen.

Ihre Freundinnen Mira, Karin oder Babette spielen hierbei eine Schlüsselrolle. Mehr will ich Ihnen noch nicht verraten.

Frauen fühlen sich von meinen Abenteuern möglicherweise aufgefordert, ihrer Lust im Leben mehr Bedeutung beizumessen und männlichen Lesern kann es nicht schaden, sich mit den heimlichen Wünschen einer Frau auseinander zu setzen.

Ich hoffe, Sie haben beim Lesen genau so viel Freude, wie ich beim Schreiben.

Ihre

Victoria

★ *Aufgrund expliziter Szenen erst ab 18!* ★

park **&** ride

Irgendwann muss mich der Teufel geritten haben, ich fuhr zu einem jener Parkplätze, die Berufspendler und ... benutzen.

Ich parkte den Golf so, dass seine Schnauze zu den Büschen zeigte, ich verschloss von innen die Zentralverriegelung und beobachtete ein paar Minuten das alltägliche Treiben auf dem Parkplatz. Noch wusste ich nicht genau was ich eigentlich vorhatte. Ich merkte nur meine Erregung, sie würde mir gleich einen Weg zeigen mich wieder glücklich zu machen.

Der Gedanke an Männer, die nur daran dachten schnell umzusteigen und nur ja keine Zeit zu verlieren und ich hier verschwenderisch in der Zeit, mit dem Willen nichts übereilt oder gar hastig zu machen. Ich konnte mir Zeit lassen, dennoch wurde meine innere Unruhe größer. Also begann ich ganz langsam meine Bluse zu öffnen, von unten her, oben sollte alles wie sonst aussehen. Ich streichelte meine kleinen Brüste, als Anfang ein erprobtes Mittel. Dann drehte ich mich ganz langsam, so dass mein kleiner Hintern ans Armaturenbrett stieß. Meine Knie ruhten auf dem linken und rechten Sitz. Mein Rock hing bis zu den Knien herab. Im Zeitlupentempo senkte ich meinen Po, meine Schenkel begannen vor Erregung zu zittern, obwohl ich noch nicht am Ziel angekommen war. Ganz langsam dachte ich, nichts überstürzen, der nächste Augenblick wird wunderbar sein. Da war er, hart und kalt. Letzteres würde sich gleich ändern. Diesmal wollte ich keine Hände zur Hilfe nehmen. Auch wenn es länger dauern würde.

Ich verstärkte den Druck, begann langsam vor und zurück zu rutschen, noch waren meine Lippen geschlossen und trocken, auch wenn ein paar Zentimeter weiter die Schleusen bereits begannen sich zu öffnen. Die Lippen genossen den sanften Druck, sie schwollen an und wurden fester. Ich rieb etwas schneller, immer noch hart, aber gar nicht mehr kalt. Die Hitze meiner Schenkel hatten ihn bereits erwärmt. Ich spürte jede   Vertiefung der aufgeprägten sechs Gänge auf seiner Oberfläche. Ich wollte den Druck auf ihn erhöhen, aber es befiel mich jedes mal die Angst, ob er nicht zu groß sein würde. Ich hielt kurz inne. Dann dachte ich an all die wunderschönen Augenblicke die ich schon erlebt hatte. Ich presste also weiter und merkte wie sich meine Lippen öffneten. Die Angst stieg wieder in mir auf. Gleichzeitig wollte ich ihn mit aller Gewalt tief in mir spüren. Es gab wie immer eine Stelle, an der ich glaubte es geht nicht weiter. Meine Schenkel begannen zu zittern, ich stützte mich nach vorne auf der Mittelkonsole ab. Weiter, nicht aufgeben, noch ein kleines Stück, dann ist der Engpass überwunden. Ich weiß nicht, ist es Schmerz oder Genuss. Dieser Gedanke bringt mich nicht weiter. Entweder ganz zurück und neu beginnen oder durchhalten. Ich entscheide mich für letzteres. Noch ein kleiner Ruck und ich spüre, wie meine Weichteile ganz langsam nach ihm greifen. Stück für Stück wandert auf die andere Seite. Plötzlich dieses unbeschreibliche wohlige Gefühl. Nun hat er viel mehr Platz. Ich atme tief durch, meine Schenkel beruhigen sich ein wenig. Nun kann`s los gehen. Ich will jede Bewegung genießen. Also lasse ich meinen kleinen Freund erst mal so tief in mich gleiten wie es nur geht. Ich freue mich, das ich an dieser Stelle so sparsam war, keine sportliche Kurzausstattung gewählt zu haben, sonst wäre jetzt schon der Anschlag erreicht. Ich lote genüsslich die gesamte Länge des Schaftes aus aus. Diese Stelle muss ich mir für die nächsten Minuten merken. Ich steige langsam wieder nach oben, ich wiederhole einige male diese Bewegungen und merke wie alles in mir kocht. Ich verspüre das unbändige Verlangen den Augenblick des ersten Eindringens zu wiederholen. Also hebe ich meinen kleinen Hintern langsam so hoch, dass ich erneut an die Stelle mit der regelmäßigen Beklemmung komme. Ich weiß, alles ist feucht, er wird gleich wieder aus mir herausspringen, um so lustvoller wieder einverleibt zu werden. Ich trainiere damit meine V-Muskeln so, dass ich sie nach Belieben anspannen oder locker lassen kann.

Im ersten Augenblick bin ich natürlich mehr an der Entspannung interessiert. Später mache ich bestimmte Muskeln härter, um den Genuss noch zu steigern. Speziell dann, wenn ich kurz vor dem Höhepunkt bin. Aber noch ist es nicht soweit. Ich gönne mir vor dem großen Ritt noch eine Verschnaufpause. Nun ist es soweit. Er ist tief in mir, wartet nur darauf sein lustvolles Werk zu vollenden. Mein Blut jagt, gleichzeitig muss ich innerlich darüber lachen, wie viele Männer mit diesem unscheinbaren Gegenstand wohl tauschen möchten. Aber heute bin ich mit meinem kleinen Freund alleine ganz zufrieden. Keine Fragen. Keinerlei Rücksichtnahme. Keine Beschränkungen, nur ich, ganz frei. Genug der Gedanken an die, die nicht hier sind. Die Welt um mich herum hatte ich völlig verbannt. Da klopfen ein paar Männer ans Fenster und fragen ob sie mir helfen könnten. Ob es mir nicht gut ginge. Ich bitte einen der Männer mir zu helfen. Die anderen solle er bitte wegschicken. Er sagt den Männern, es sei alles in Ordnung. Er käme allein zurecht. Die anderen Männer verziehen sich nicht ohne noch einmal durchs Fenster hereinzuschauen. Auch wenn sie nichts sehen können, unattraktiv bin ich wirklich nicht.

Ich öffne die Türe, sage: „Bitte setzen sie sich auf den Beifahrersitz, die Lehne klemmt."

Der Herr steigt ein, setzt sich auf den Beifahrersitz. Ich schließe wieder die Zentralverriegelung.

„Ich habe da eine Bitte, ich glaube ich habe mich verhakt, würden sie bitte einmal zum Schalthebel greifen und mich loshaken. Aber bitte nicht gucken."

Der Mann greift unter den Rock, sucht den Schalthebel Entschuldigt sich, weil er scheinbar neben das Höschen gegriffen hat. Er zuckt zurück. „Tschuldigung"

Ich sage ganz leise: „Bitte helfen sie mir."

Der Mann versucht es ein zweites mal. Plötzlich zuckt er ein zweites Mal, erstarrt und schaut mir in die Augen. Er hat begriffen, dass der Schalthebel an einer für ihn unerwarteten Stelle gelandet ist. Es bricht ihm der Schweiß aus. Ich setze mein unschuldigstes und zugleich Hilfe erbettelndes Gesicht auf. Er weiß immer noch nicht, ob er aussteigen und weglaufen soll oder ... Ich sage:

„Ich sage ihnen wie sie mir helfen können."

Ich nehme seinen linken Arm, lege ihn flach auf die Ablage und schiebe seine Hand unaufhaltsam auf meine Muschi zu. Er ist angekommen, zuckt erneut.

Langsam beginnen seine Finger sich zu bewegen. Er ist noch unentschlossen, ob er mit dem Daumen oder den Fingern sein Werk fortsetzen soll. Ich merke, er nimmt den Daumen weg, schiebt Mittel- und Zeigefinger in Richtung Schalthebel, stößt dagegen und ändert die Richtung noch oben. Ich freue mich darüber, wie er sich ganz auf mich konzentriert. Ich stütze mich wie zufällig auf sein linkes Bein. Versetze meine Hand in kleinen Schritten aufwärts. Es ist nicht mehr zu übersehen er hat voll angebissen. Die Beule in seiner Hose spricht eine deutliche Sprache. Ich streife im Wegnehmen meiner Hand wie zufällig diese prächtige Beule. Diesmal zuckt nur ein kleiner Teil von meinem Mann. Er bohrt seine Finger mit viel Geschick und erstaunlichem Druck in meine saftige Höhle. Ich greife ohne ein Wort nach seinem Reißverschluss, schaue ihn dabei an, er sitzt breitbeinig da, den Kopf etwas in den Nacken gelegt und seinen Mund leicht geöffnet. Ich finde ein Prachtexemplar in einer nicht mehr ganz aktuellen Unterhose. Aber was soll's, ich sammle ja Schwänze und nicht... Ich ziehe seinen Schwanz mit aller Erfahrung aus seinem engen Gefängnis. Er glänzt und trieft bereits. Ich bin hoch zufrieden. Ziehe seine Vorhaut zurück und halte seine glitschige blanke Eichel zwischen den Fingern. Er stöhnt auf, sagt aber immer noch nichts. Er hat mein Spiel scheinbar verstanden. Ich merke wie er ab und zu aufhört seine Finger zu bewegen. Für mich ein Zeichen, das ich bald mit heftigeren Reaktionen rechnen muss. Aber noch ist es nicht soweit. Ich lasse ihm noch Zeit, kümmere mich mal um seine Eier. Fühlen sich prächtig an. Nun endlich hat er soviel Mut, dass er seine Finger zu einem Haken geformt hat und mein Innerstes zum Kochen bringt. Mir bricht der Schweiß aus. Meine Beine zittern. Ich bin gerade fantastisch gekommen. Ich muss ebenfalls einige Sekunden innehalten, ich merke wie sich das Innerste meiner Muschi zusammenzieht um Knauf und Hand. Der Junge ist prima, er genießt ohne seine Hand auch nur einen Millimeter zurück zuziehen. Für ihn könnte es sogar schmerzhaft sein, so an das kalte Metall gepresst zu werden. Er weiß es wird nicht ewig sein. Danke mein unbekannter Freund .... Nun zu ihm. Ich ergreife seinen Schwanz, er ist kein bisschen kleiner geworden, eher noch härter. Ich merke an seinem Gesichtsausdruck, das auch seine Zeit gekommen ist. Um ihm zuhause und auch mir keine häuslichen Probleme zu machen überrasche ich ihn noch einmal, indem ich meinen Mund blitzartig über seine saftige Eichel stülpte und ein paar Mal die Zunge kreisen lasse. Bevor ich richtig darüber nachdenken kann, wonach es diesmal schmeckt, kommt er, wie ich selten einen Mann erlebt habe. Fünf kräftige Schüsse oder sollte ich besser sagen Schlucke. Das ist nicht alltäglich. Er zuckte noch drei- bis viermal um sich dann zu legen. Ich wischte mir mit der linken Hand den Mund. Danach betrachtete ich mein Werk. Seine Hose war sauber geblieben, die Sitze meines Golf hatten nichts abbekommen. Jetzt musste ich aber meine vorgespielte Zwangslage beenden. Ich hob also meinen kleinen Hintern und er verfolgte mit seinen Fingern jede meiner Bewegungen. Er glitt zusammen mit dem Schalthebel heraus. Ich ruhte mich noch einen Augenblick auf seiner warmen Hand aus. Dann erhob ich mich mit zitternden Knien und ließ mich auf dem Fahrersitz nieder. Um mir zu zeigen wie sehr er alles genossen hatte, steckte er seine Finger in den Mund und leckte sie versonnen ab. Dieser Mann ein Naturtalent, wie ich. Ich schaute ihn an.

Er sagte nur „Danke, sie sind super!" dann stieg er aus, nicht ohne mir einen Kuss auf die Wange zu geben. Ich hörte eine Autotüre, war es seine? Ich konnte mich im Augenblick nicht mehr konzentrieren. Ich merkte wie meine Schenkel feucht und kalt wurden. Es war Zeit nach Hause zu fahren und ein Bad zu nehmen. Auf der Heimfahrt dachte ich, ob er wohl möglich erst bei seinem ersten Kunden bemerkt, das seine Hose noch offen ist. Ich merkte, wie mich dieser Gedanke unerwarteterweise kalt ließ. Für heute war es genug.

Egon und der Gartenzaun

Einer von meinen Nachbarn, nennen wir ihn der Einfachheit bei seinem Vornamen. Egon also; verheiratet, ca. 45 Jahre alt, ca. 188 groß, kleiner Bauchansatz, darauf werde ich später noch eingehen, hatte die Gewohnheit, sich splitternackt in dem Teil des Gartens zu sonnen, der meinem Grundstück am nächsten war. Außerdem wartete er immer Zeiten ab, in denen seine Frau nicht in der Nähe war. Er räkelte sich also splitternackt in seinem Liegestuhl und hatte es sich mit Plätzchen und einer Tasse Kaffee gemütlich gemacht. Normalerweise las er dann in irgendwelchen Zeitschriften. Heute bemerkte ich in seinen Händen ein kleineres Format. Trotz mehr-maligem Lugen durch den Efeuzaun, konnte ich nicht erkennen, was es war. Dann fing er langsam an, seinen Schwanz zu streicheln. Ich traute meinen Augen nicht. Der kreuzbrave Egon schickte sich an unter freiem Himmel zu ... Kaum zu glauben, so hatte ich *ihn* noch nie gesehen. Er hatte mittlerweile eine stattliche Größe erreicht. Er fing an leise zu stöhnen und legte sich noch breitbeiniger hin. Sonne und Wind umspielten alle Einzelheiten. Er hatte mittlerweile das Heft zur Seite gelegt und sich völlig entspannt zurückgelegt. Ich musste etwas tun, bevor es zu spät sein würde. Mein Schritt fühlte sich bereits mehr als feucht an. Ich hatte kaum bemerkt, dass meine linke Hand bereits meine Möse streichelte. Nun griff ich brutal in seinen Traum ein. Ich stellte mich neben den Zaun und sagte: „Tag Herr ....;"

Auf der anderen Seite war es ganz still. Er versuchte sich tot zu stellen; aber nicht mit mir. Ich säuselte:

„Ich kann sie gar nicht sehen, sie wissen doch, ich bin kleiner als sie. Kommen sie bitte näher an den Zaun, damit ich sie sehen kann."

Er folgte langsam meiner Aufforderung, trat ganz nah an den mit Efeu bewachsenen Drahtzaun heran, wohl weil er glaubte, sie sieht nur meinen Kopf. Er murmelte ein Verlegenes:

„Ich hab sie gar nicht bemerkt. Entschuldigung."

Genug des Smalltalks, es galt schnell zu handeln. Also bückte ich mich und schnappte sein bestes Stück, dass da vorwitzig durch die Maschen lugte.

Ich packte ganz feste zu, damit er nur nicht auf die Idee kam zurückzuziehen. Er jault leise auf. Ich höre mich noch sagen, „Erzählen sie mir etwas nettes!"

Ich kniete mich also an den Zaun und bearbeite sein etwas geschrumpftes Glied zärtlich mit meinen Lippen, damit er schnell Vertrauen zu mir fasst und sich möglicherweise etwas entspannt. Er begreift, aus dieser Situation wird es nur einen für beide Parteien erfreulichen Ausweg geben. Jeder andere Gedanke führt in ... (Wozu all diese Gedanken. Ich konzentriere mich ganz auf eine im Laufe vieler Jahre lieb gewordene Arbeit.) Er merkt, er hat keine Chance, er steht splitternackt am Zaun und bekommt nachmittags in der schönsten Sonne alle Freuden, die sich ein Mann vorstellen kann geboten. Nun merke ich, wie er beginnt die Situation zu genießen. Er streckt mir bereitwillig noch ein paar Zentimeter mehr durch den Zaun. Ich nehme alles bereitwillig auf. Ich weiß, wenn er gespritzt haben wird, kommt sofort das schlechte Gewissen. Also lasse ich für einen Moment von ihm und sage:

„Gleich geht's weiter." und halte sein strammes Glied mit der linken Hand fest umschlossen.

„Ich möchte mit dir etwas verabreden. Möchtest du öfters verwöhnt werden?"

Er gurgelt mehr als er spricht: „Jaaa!"

„Wann hast du morgens Zeit?"

Er sagt „Dienstags und Donnerstags muss ich erst ab 11.00 h arbeiten".

„Dann komm am Donnerstag um 9.00h. Die Tür zum Gartenhaus ist auf. Auf der Seite zum Fußweg. Geh direkt rein ohne zu klopfen."

Das wichtigste war gesagt, nun konnte ich mein Versprechen von eben direkt einlösen. Ich nahm also seinen Schwanz wieder zwischen meine Lippen, er war mittlerweile etwas abgeschlafft. Sich auf seinen Schwanz und aufs reden zu konzentrieren war aber auch zu viel verlangt. Ich war vorher schon weiter gewesen, aber das Aufrichten nackter Tatsachen war nun mal eines meiner Hobbies, also war ich kein

bisschen enttäuscht. Mittlerweile war Egon deutlich entspannter, vielleicht sogar wirklich geil. Er streckte jedenfalls sein Glied mit aller Gewalt durch den Zaun. Jetzt konnte ich mit der anderen Hand seine prallen Eier streicheln. Sie fühlten sich sehr männlich an. Ich streichelte eine Stelle, die mir von anderen Meetings her als eine oft vernachlässigte Lustzone aufgefallen war. Leider konnte ich sie nicht lecken. Also leckte ich mit aller Raffinesse seine Eichel. Er zuckte und ich musste abwägen, sollte sein Schuss über meine geliebten Mohrrüben gehen oder sollte ich mir selber etwas gönne? Ich entschied mich für letzteres und behielt seinen Samen einige Sekunden im Mund, er schmeckte gut. Ich ließ den Schwanz nun los, er fiel langsam zusammen. Ich bat ihn sich dort hinzuhocken, wo gerade noch sein bestes Stück keck in meinen Garten gelugt hatte. Er bückte sich, seine Augen, Nase und Mund tauchten auf. Er sagte nichts. Nun wollte ich seinem Willen auf die Sprünge helfen, mich nur ja nicht zu versetzen. Ich drehte mich ganz langsam um, und drückte meinen kleinen Hintern an den Zaun. Da ich kein Höschen trug, musste der Anblick und der Duft meiner Möse ihn völlig in meinen Bann schlagen. Als ich seinen ersten Versuche spürte, mit der Zunge mehr zu erfahren, wusste ich, es würde klappen. Ich drehte mich wieder herum, gab ihm durch den Zaun einen kleinen unschuldigen Kuss und sagte wie eine 15-jährige nach ihrem ersten Date: „Ich muss jetzt gehen, dann bis Donnerstag..."
Ich stand auf und ging ohne jede Hast in unser Gartenhaus, in das er durch eines der beiden Fenster hineinschauen konnte. Ich ging langsam hin und her,

so als ob ich wirklich etwas zu tun hätte. Dann schaute ich zu ihm, er stand immer noch da, ohne sich zu rühren. Ich winkte fröhlich zu ihm herüber. Er winkte verstört zurück und sein Kopf verschwand hinter dem Zaun. Für ihn muss es das Erlebnis seines Lebens gewesen sein, das allein machte mich schon zufrieden, noch viel mehr jedoch die Aussicht auf Donnerstag.

Ich nahm mir vor, ihn erneut zu überraschen.

Penthouse

Mira hatte mich wie immer Montag morgen zu unserer Verabredung zum Tennis abgeholt. Wir tranken noch schnell einen Fruchtcocktail und dann ab auf den Platz. Mira war die Freundin, mit der ich über alles reden konnte, natürlich auch über Männer. Montags gab es da am meisten von ihrer Seite aus zu erzählen. Manchmal sparte sie einige deftige Details aus, weil sie mich als gestandene Ehefrau nicht in Verlegenheit bringen wollte. Als ob Sex ein Privileg von Singles wäre. Also, tagsüber ging sie ihrem einträglichen Beruf als Maklerin nach. Das half ihr, jeden Tag interessante neue Leute oder sagen wir besser tolle Kerle kennen zu lernen. Sie war genauso wie ich aus dem Alter heraus, wo man in der Diskothek auf eine Chance wartet. Mein Stil war es inzwischen auch wenn mein Mann dabei war, mir den einen oder anderen auszusuchen und dann bei passender Gelegenheit ohne viel Zeit zu investieren, mein Vergnügen zu suchen. Mira erzählte mir wieder eine dieser tollen Geschichten von ihrem aktuellen Lover, nichts ernstes aber 21 cm vom feinsten. Der Gedanke daran ließ meine Phantasie explodieren und meine Muschi meldete sich feucht seufzend. Ich erfuhr von ihr, dass sie es beim letzten mal in einem Parkhaus auf dem Oberdeck getrieben hatten. Sie schilderte einige verlockende Details und ohne mich bewusst mit diesem Mann zu beschäftigen, rutschte mir der Satz heraus.

„Ich würde gerne einmal zusehen, wie er dich verwöhnt."

Mira stutzte, so direkt war ich noch nie gewesen. Sie dachte kurz nach und sagte:

„O.k., also heute Abend um 21 Uhr in meiner Wohnung."

Ich war irgendwie elektrisiert. Wir fuhren nach dem Tennis nach Hause. Mira setzte mich zu Hause ab. Den ganzen Nachmittag über grübelte ich darüber nach, ob ich mich wirklich in diese Situation begeben sollte. Ich wusste überhaupt nicht, wie Mira mich unbemerkt zuschauen lassen wollte. Aber das war für mich das kleinere Problem, die Angst diesen Mann evtl. zu kennen oder meine Rolle als Hausfrau und Mutter sprachen eher dagegen. Ich merkte aber, dass mich diese Unruhe von heute morgen nicht mehr verlassen wollte, obwohl ich zwischenzeitlich einiges im Haus gemacht hatte, auch um mich abzulenken, ohne Erfolg. Nach dem gemeinsamen Abendessen mit der Familie verabschiedete ich mich von meinem Mann, um zu Mira in die Stadt zu fahren. Dies war für meinen Mann nichts außergewöhnliches, zumal er häufig noch zu arbeiten hatte. Ich fuhr in die Tiefgarage, dann mit dem Lift in die 5.Etage. Mira öffnete die Türe. Sie schien besonders gut gelaunt und roch verführerisch. Sie schickte mich die Treppe rauf nach oben in ihr Schlafzimmer. Sie sagte:

„Bleib oben, der Fernseher läuft schon."

Ich ging also nach oben und machte es mir auf dem

Bett bequem. Von dort konnte ich auf dem Fernseher nahezu das ganze Wohnzimmer und den Eingangsbereich sehen, ohne Ton. Nun ich war zum Zuschauen gekommen. Mira stand auf und ging zur Türe. Sie begrüßte ihn mit einem Kuss. Ein Mann Mitte 30 trat herein. Ich war erleichtert, ich hatte ihn noch nie gesehen. Mira nahm ihm die Jacke ab. Er trug einen sportlichen Pullover. Sogleich begann der gutaussehende Mann Mira wieder an sich zu ziehen, seine Hände wanderten über ihren Rücken zu ihrem Hintern, hoben ihren Rock hoch und glitten ohne viele Umstände in ihr Höschen. Mira schien es zu genießen. Sie drehte sich aus seiner Umarmung und beugte sich über einen Sessel. Er bückte sich und versuchte mit dem Mund Mira' s Zuckerdose zu finden. Voller Ungeduld zog er ihr das Höschen über die Knie. Nun war der Weg frei. Er schleckte, als ob er lange nur heißes Eis beim Italiener gelutscht hätte. Dann war seine erste Gier befriedigt. Mira kümmerte sich sogleich um seinen Hosengürtel und zog ihm Ruck zuck die Hose aus. Sein steifes Glied machte die Unterhose etwas unförmig. Ich konnte es kaum erwarten seinen Schwanz zu sehen. Ich hatte mein Kleid etwas hochgeschoben und streichelte meine Muschi liebevoll. Dann sah ich ihn, selbst auf dem kleinen Bildschirm wirkte er riesig. Mira hatte ihr Kleid abgelegt sowie das schwarze Höschen mit einer schnellen Bewegung abgestreift, sie stand da in einer atemberaubenden schwarzen Korsage. Der Blick auf ihre herrlichen Titten blieb ihm damit noch versperrt. Sie kümmerte sich nun ausgiebig um sein Prachtexemplar, wobei sie versuchte, sich so zu drehen, das die Kamera und ich auch ja alles mitbekamen. Sie drückte ihn aufs Sofa und mit einem schnellen Schritt saß sie auf ihm. Ich sah, wie sie es genoss ihn in sich zu spüren. Sie ritt und wand sich auf seinem Kolben, dass ich nicht umhin konnte mein Höschen auszuziehen. Ich warf es achtlos auf den Boden. Nun konnte ich mich noch besser streicheln. Ich schloss die Augen, um mehr zu genießen. Als ich sie wieder öffnete und auf den Schirm schaute, kam Mira ihren Hengst am Schwanze führend auf mich zu. Mir stockte der Atem. Was hatte das zu bedeuten. Wollte sie ihn in die Kamera halten. Dann dämmerte es mir, sie hatte ihren Plan geändert, ihn unten zu verführen und kam die Treppe rauf. Was sollte ich nur machen. Ich dachte Flucht sein jetzt das Beste. Sollte ich in Mira's Kleiderschrank klettern? Ich entschied, diese Art sich zu verstecken wollte ich lieber den Ehemännern überlassen. Ich schaute mich um und sah die Terrassentüre. Blitzschnell öffnete ich sie einen Spalt, huschte hinaus schloss sie wieder ein wenig, versteckte mich hinter einem großen Pflanzkübel. Mira kam. Sie blickte sich um, durchschaute sofort mein Versteck und lächelte. Wahrscheinlich ging ihr bereits durch den Kopf, wie wir morgen über diese Situation lachen würden. Sie hatte die ganze Zeit über den Schwanz ihres Lovers keine Sekunde lang los gelassen. So ganz nebenbei machte sie den Fernseher aus. Er sah den schwarzen Slip am Boden liegen, hob ihn mit dem Fuß hoch, führte ihn zu Mund und Nase und schloss dabei die Augen. Der Duft meiner Muschi war wohl noch voll erhalten. Während er sich noch mit meinen Slip beschäftigte, drückte sie ihn auf die Bettkante, kniete sich vor ihn und begann ihr zärtliches Werk von neuem. Ich konnte mich nun von den übrigen männlichen Qualitäten überzeugen, er sah sehr appetitlich aus. Sie bat ihn, sich auf die Bettkante zu legen, willig folgte er ihrem Wunsch. Er kniete nun breitbeinig vor dem Bett, sein strammer

Hintern zu mir gewandt. Ich hatte nun einen Logenplatz. Mira was bis du nur für ein Luder. Damit er sich nicht nach Belieben bewegen konnte setzte sich Mira auf seinen Rücken. Sie knetete seine Backen, dass es eine Freude war zuzusehen. Dann beugte sie sich nieder, lag fast ganz auf seinem Rücken und griff mit der einen Hand seine Eier und mit der anderen seinen Schwanz. Er schien es zu genießen. Sie bog den Schwanz hoch, so dass ich seine glänzende Eichel sehen konnte. Mira schaute zu mir herüber und gab mir ein Zeichen zu ihr zu kommen. Wenn er das merken würde, was sollte ich bloß sagen. Ich konnte nicht widerstehen. Ganz leise schob ich das Schiebeelement auf, krabbelte auf allen Vieren herein und ließ die Türe als Fluchtweg offen. Je näher ich kam, um so mehr stieg grenzenlose Geilheit in mir auf. Als ich mich näherte wurde sein Schwanz scheinbar immer größer. Nur noch 10 Zentimeter. Ich konnte sein Glied riechen. Mira nahm meine Hand, eh ich mich versah hatte ich ihn in meiner rechten Hand, meine Linke fuhr ab und zu zwischen meine Schenkel. Mira begann nun, nur mit einer Hand seinen Hintern zu streicheln. (Drei Hände an seinem Schwanz könnten selbst bei höchster Erregung auffallen). Ich konnte nicht widerstehen und schob ihn mir in den Mund. Er schmeckte so gut wie er duftete. Er war so hart, dass ich ihn kräftig nach oben biegen musste, er quittierte das mit einem tiefen Seufzen. Er hatte keine Wahl, er wurde von uns beiden nach Strich und Faden verwöhnt. Als ich einige Male seine Eichel mit der Zunge umrundet hatte; dachte ich, wenn er jetzt abschießt, spritzt er voll auf den Teppich. Bevor ich diesen Gedanken weiterverfolgen konnte, gab mir Mira ein Zeichen mich ganz flach auf den Boden zu legen. Sie stieg von ihrem Lover, drehte ihn auf den Rücken und ehe ich mich versah saß sie wieder auf ihm. Diesmal zeigte sie ihm ihre pralle Vorderseite. Ich sah, dass ihre Pläne voll aufgingen. Sein Schwanz wippte in der Luft. Sie griff nach seinen Eiern, liebkoste sie. Sie gab mir einen Fingerzeig hinter ihrem Rücken wieder aktiv zu werden. Ich schlich wie eine Katze zwischen seine Beine. Ich musste mich sehr zurückhalten, nicht erneut an ihm zu lecken. (Dies wäre doch zu riskant gewesen). Mira machte eine kleine Bewegung mit ihrem Hintern und schwupp war er in ihr verschwunden. Sie bewegte sich ganz langsam und er stöhnte dazu. Ich konnte nicht umhin seine Eier weiter zu streicheln. Nun machte Mira eine besondere Bewegung mit der Hand. Erst zeigte sie auf mich, dann formte ihre Hand einen Ring in Richtung Prachtexemplar. Ich begriff zuerst nicht, sie wiederholte etwas hastiger ihre Bewegungen. Sollte das gelingen? Ich erhob mich hinter ihrem Rücken, ihr Lover hatte die Augen fest geschlossen und ihre großen Titten in beiden Händen. Jetzt musste es schnell gehen. Ich hob den Rock, drehte Mira den Rücken zu und als sie meinen Rücken spürte rutschte sie von seinem Schwanz herunter und machte den Weg für mich frei. Ich ließ mich wie selbst-verständlich auf sein Prachtstück sinken, ich glaubte jede seiner Adern einzeln zu spüren. Er füllte mich wunderbar aus. Nun begannen Mira und ich ganz langsam gemeinsam unsere Auf- und Abbewegungen. Jede Bewegung war toll. Ich wagte es nicht schneller zu werden. Das sein Glied nun etwas fester umschlossen wurde als vorher, schien ihm gar nicht aufzufallen. Er stöhnte und mit einem Mal merkte ich, er würde sich nicht mehr zurückhalten können. Meine Muschi lief geradezu über. Mir kam es, noch bevor er alles in mich hineinschoss. Er schien gar nicht mehr aufzuhören. Er murmelte ein „toolll„" und ich musste elegant das Feld räumen, bevor sein Verstand wieder im Kopf angekommen war. Gemeinsam erhoben wir uns, sein Glied platschte heraus. Mira begann sofort wieder meinen Platz einzunehmen und beugte sich so nach vorne, das ihre Haare dabei sein Gesicht einhüllten. Mein schlanker Körper erleichterte es mir unbemerkt vom Bett herabzugleiten und wieder auf allen Vieren nach draußen zu kriechen. Ich hockte mich mit zitternden Beinen wieder hinter den Kübel um zu sehen wie es weiterging. Eigentlich hatte ich doch nur zusehen wollen. Der Saft der unaufhaltsam aus meiner Muschi tropfte erinnerte mich aber daran, dass es kein Traum gewesen war. Langsam kühlte ich wieder etwas ab. Meine nasse Muschi begann zuerst, ich hatte ja in der Eile mein Höschen vergessen. Nun, Mira würde mich nicht ewig hier draußen lassen. Aber wie ich sie kannte, würde sie ihn nun noch einmal zur Höchstleistung antreiben, wo sie mir doch beim ersten mal den Vorritt gelassen hatte. Solche Freundinnen kann man lange suchen. Ich hatte sie gefunden, ich war so glücklich.

Musical oder ***Musik in meiner Muschi***

Mira hatte mir zum Geburtstag 2 Karten für ein Musical geschenkt. Da mein Mann an diesem Stück kein besonderes Interesse zeigte, fuhr ich halt nur mit Mira hin. Das Musical wurde in einer weiter ent-fernten Stadt gespielt, vorsorglich hatten wir ein Zimmer in der Nähe angemietet. Wir hatten auf der Fahrt bereits viel Spaß, da zwei Frauen in einem Porsche auch auf der Autobahn auffallen. Wir stellten uns mit dem einen oder anderen der vorbeifahrenden ein kleines Abenteuer vor und kamen in bester Laune im Hotel an. Wir machten uns schick, nicht ohne beim Anziehen und Schminken 2 Pikollos zu genießen, die ein kleiner Kellner aufs Zimmer gebracht hatte. Wir stellten uns vor, was er wohl machen würde, wenn wir ihm nur im Höschen die Türe geöffnet hätten. Mira war wie immer sehr zuversichtlich, das sie ihn vernascht hätte. Ich dachte eher, bei zwei Frauen würde er die Flucht angetreten haben. Dieser Zimmerkellner beschäftigte uns auch noch in der Musicalpause, diesmal mit kleinen Happen und einem Glas Champagner. Mira wollte es heute Abend oder morgen früh einmal testen. Ich ließ ihr ihre Phantasien. Gleich würde sie einen anderen Mann im Foyer sehen und es nicht abwarten können mit ihm zu flirten oder mehr. Sie genoss es mehr noch als ich, die Männerblicke auf sich zu ziehen. Besonders reizvoll waren die Augenblicke, wenn ein Mann mit Partnerin immer dann, wenn er sich unbeobachtet von ihr glaubte einen sehnsüchtigen Blick zu uns oder Mira herüberwarf. Ich schaute dann unbeteiligt zu ihm, um Mira zu berichten, ob er angebissen hatte. Mira freute sich jedes mal aufs neue. Ich wusste, sie würde heute Abend, ganz gegen ihre Gewohnheit keinen Mann aufreißen, mir zuliebe. Als wir noch einen Drink an der Hotelbar genommen hatten, nette Gesellschaft inklusive fanden wir, das es Zeit sei zu Bett zu gehen. Wir gingen ins Bad und machten und unter ständigem Frotzeln über all die verpassten Gelegenheiten unsere Späße. Dann ab ins Bett. Mira war immer noch durstig. Also, ran an die Zimmerbar. Jeder trank der

Einfachheit halber direkt aus den Fläschchen. Dann gab's einen Gutenachtkuß und Licht aus. Kaum dass wir etwas zur Ruhe gekommen waren bemerkte ich wie Mira ganz nahe bei mir lag. Ich spürte ihre körperliche Nähe. Sie legte einen Arm um mich und hauchte „Schlaf gut, Liebes." Ich empfand ihre Wärme als wohlig und kuschelte mich an sie. Ihre Hand glitt wie zufällig über meine Brüste. Ich zuckte ganz leicht zusammen. Nun strich die Hand über meinen Bauch, nur getrennt durch den dünnen Stoff. Ich bemerkte wie ich unruhig wurde. Sollte ich ihre Hand zurückschieben? Ich ließ sie noch gewähren. Ihre Finger wanderten unter mein Nachthemd. ihre Hände fanden meine Nippel mit traumhafter Sicherheit. Ich konnte an nichts anderes mehr denken. Sie streichelte ganz langsam meinen flachen Bauch, wanderte hinab zu meinen Schenkeln und streichelte sie außen. Dann nahm sie sich die Innenseiten meiner Schenkel vor. Es war wunderbar. Sie streichelte und streichelte, ich konnte es kaum erwarten, dass sie sich um meine besondere Stelle kümmern würde. Ich presste meinen zarten Körper ganz fest an ihren. Ich spürte ihren mächtigen Busen im Rücken. Sie verstand sofort, aber es dauerte dennoch endlos lange bis ihre Finger meine Schamlippen berührten. Ich glaube heute, sie wusste ganz genau wie sie mich anpacken musste, damit ich gar nicht auf die Idee kam sie zurückzuweisen. Sie rieb mit einer Zartheit, die mir zeigte, sie hatte alle Zeit der Welt, mir ihre Zärtlichkeit zu zeigen. Sie teilte, von mir fast unbemerkt meine Schamlippen. Ihr Mittelfinger drückte zart meinen Kitzler. Sie merkte wie ich mich wand und leicht zitterte. Sie löste sich von meinem Rücken ohne aufzuhören meine Möse auch nur eine Sekunde in Ruhe zu lassen. Ich brannte lichterloh. Wo sollte das enden? Sie beugte sich über mich, drückte die Bettdecke zur Seite, schob mein Hemd hoch und begann meinen Bauch mit der Zunge zu liebkosen. Ich wusste nicht mehr was ich machen sollte. Ich ließ sie gewähren. Sie arbeitete sich mit der Zunge langsam nach unten vor. Ihre Zunge hätte hier aufgeben müssen, wenn ich ihr nicht geholfen hätte. Ich drehte mich auf den Rücken und spreizte meine Beine ein wenig. In diesem Moment hätte ich nicht geglaubt, dass ich mich Sekunden später in einer mehr als gewagten Haltung befinden würden. Mira hatte mich an den Hüften gepackt, sich hinter meinen Po gehockt und mich zu ihr hochgezogen. Ihr Mund senkte sich auf meine Muschi und ich vergaß sofort was mir vorher so viel Freude gemacht hatte. Ihre Zunge wollte jeden Winkel erforschen. Mein Kitzler wurde geradezu umschlungen. Ich konnte nicht anders als alle Schleusen zu öffnen, so dass Mira meinen Saft schlürfen konnte. Um nicht völlig passiv zu erscheinen griff ich an meinen Schenkeln vorbei um ihre gewaltigen Kugeln zu streicheln. Ich hatte noch nie solch große Brüste berührt. Ich bekam das dringende Bedürfnis diesen Busen zu kneten und zu streicheln. Es ging nicht. Mira merkte meine Aktivitäten, richtete sich auf, zog ihr T-Shirt aus und beugte sich wieder vor. Ich war entzückt, ohne Stoff fühlte sich ihre Haut noch viel intensiver an. Sie merkte wie meine Bewegungen fordernder wurden. Sie ließ mich sanft wieder ab. Zog mich an den

Schultern hoch und entfernte meine Hemd ohne das ich es bemerkte. Ich spürte wie sie langsam von unten mit ihren Lippen und der Zunge den Weg von meiner Muschi über den Bauch zu meinen Brüsten nahm. Sie küsste meine Knospen und begann leicht an ihnen zu saugen. Es gefiel mir. Ihre großen Brüste umschlangen meine Hüfte und ich hatte Genuss sie zu kneten. Dann glitten meine Hände wie selbstverständlich um ihre Hüften und wollten ihren Hintern streicheln. Es gelang nur unzureichend. Sie half mir und rutschte etwas höher ohne mit ihrem Gewicht meinen Bauch zu belasten. Ich hatte nun freies Spiel. Die Finger der linken Hand glitten über ihren Busen, während meine rechte den Weg über ihren Bauch zu ihrer Möse suchte. Meine Finger konnten gar nicht schnell genug in ihr verschwinden. Sie stöhnte zum ersten mal auf. Ich vermutete, sie sei einiges mehr gewöhnt. Nun, ich wollte es langsam angehen. Meine Finger konnten nahezu mühelos in sie hinein. Ihre Möse schien viel dehnungsfähiger als meine. Ich presste alle Finger in sie hinein. Sie sagte nur „Jaa „Jaa weiter .. bloß nicht aufhören!"

Ich wollte es ganz genau wissen, was andere Frauen beim Sex so leisten. Mira warf sich mitsamt meiner Hand zur Seite, ihre Schenkel waren weit gespreizt. Ich hatte nun keinerlei Mühe mehr, meine kleine Hand in ihr verschwinden zu lassen. Sie streckte mir ihr Becken heftig entgegen. Ich drehte meine zur Faust geformte kleine Hand in ihr hin und her wohl ein Dutzend Mal, zog sie scheinbar heraus um sie danach wieder tief hineinzustoßen. Ich war wie besessen. Von diese Art, eine Frau zu befriedigen hatte ich bisher nur gehört. Es war wie ein Rausch, ein Urerlebnis einem Menschen so intensiv nahe zu sein. Ich bedauerte, dass ich wohl keine Hand in mir aufnehmen könnte, da ich kleiner gebaut bin. Mira hatte meine linke Hand zu ihrem Busen hochgezogen. Den hatte ich trotz seiner Ausmaße fast vergessen. Nachdem ich beide gleichmäßig verwöhnte, überkam mich die ungestillte Lust Mira ebenfalls nach allen Regeln, die mir von meinem Mann geläufig waren zu lecken. Ich ließ also die Hand in der Möse und leckte um sie herum, suchte verzweifelt die Perle. Als ich sie gefunden hatte, erinnerte sie mich mehr an einen kleinen Penis denn an einen üblichen Kitzler. Ich nahm also ihren Mordskitzler zwischen die Zähne und ließ meine Zunge darüber gleiten. Sie versuchte sich loszureißen, aber ich hatte noch keine Lust diesen Miniphallus loszulassen. Langsam zog ich meine Hand heraus. Als meine Hand Ihre Möse verließ gab es ein lautes schmatzendes Geräusch an meinem Ohr, das ich wohl lange nicht vergessen werde. Nun waren ihre Lippen frei. Ich leckte und kaute jede Schamlippe einzeln durch. Mira hatte es aufgegeben zu zucken, sie lag da und wollte nur noch zum Höhepunkt kommen. Ich versuchte ihr diesen verständlichen Wunsch zu erfüllen. Ich drang mit der Zunge noch tiefer in sie ein. Ich glaube, ich habe ihre Schamlippen einfach brutal auseinander gezogen und ihren Schwanzeingang mit meiner spitzen Zunge geleckt. Alles in ihr und an ihr schmeckte einfach fantastisch. Mit einem gurgelnden Ton zeigte sie mir, dass sie nicht mehr könne, ich ließ allmählich von ihr und legte meinen Kopf an ihren großen Busen.

Alles war gut.

Shopping Solo

Mira hatte keine Zeit, dennoch hatte ich Lust mir ein paar Kleinigkeiten zu kaufen, speziell um meinen Mann abends zu überraschen. Ich bummelte schon eine Weile an den Schaufenstern entlang ohne viel zu kaufen und ging dann zu einem guten Wäschegeschäft. Im Schaufenster konnte ich bereits einige nette Stücke ausmachen. Ich ließ mir Zeit. Männer warfen im Vorbeigehen ebenfalls einen Blick auf die „Männer-Spielzeugwarenabteilung."
Wieso für Männer? Ohne mich umzudrehen konnte ich in der Scheibe meine Umgebung gut beobachten. Ein einzelner Herr, Mitte 40 trat näher ans Fenster. Er wirkte gepflegt. Im Spiegelbild konnte ich noch nicht erkennen, ob er einen Ring trug, was soll's. Er schaute interessiert in die Auslage und ich meinte zu bemerken auch zu mir. Ich drehte mich ganz langsam zu ihm um und fragte ihn lächelnd, ob er mir einen Gefallen tun könne. Von einer Frau angesprochen zu werden versetzt manche Männer direkt in Panik und löst Fluchtverhalten aus. Ich hatte mir deshalb eine kleine Geschichte zurechtgelegt. „Mein Mann,,, er sollte sofort erkennen, dass ich nicht auf der Jagd war, natürlich eine Jagdlist, „hat bald einen runden Geburtstag, ich möchte ihn mit etwas besonderem überraschen. Sind Sie so nett mit mir ins Geschäft zu gehen und mir zu sagen, was mir steht." Er schaute mich von oben bis unten an, atmete ein paar Mal tief durch und sagte dann: „Aber nur 20 Minuten, ich

muss noch einiges erledigen. Ich dachte, ich auch. Ich sagte ihm „Für 20 Minuten nenne ich sie jetzt Fred. Sie sind mein Ehemann."

Er lächelte unsicher. Wir gingen also hinein. Männer sind beim Shoppen meist völlig unbrauchbar, nur in solchen Läden spürt man ein gewisses Interesse. Vielleicht auch nur, weil man als Ehemann ein gewisses Alibi hat, auch mal nebenan in andere Kabinen hinein zuschauen und reizvolle Blicke zu riskieren. Eine Mini-Peep Show für Verklemmte. Aber das würden sie nie zugeben. Ich ging also an den Wäscheständern vorbei und er merkte schnell, welche Größe ich benötigte. Wer weiß, welche Größe er zu Hause hatte. Ich nahm mehrere BH's und Höschen mit. Dann begann der Auftritt. Ich zog zuerst die braven weißen an und ließ ihn durch Zurückschlagen des Vorhanges kurz zusehen. Ich musste zunächst seine Anspannung etwas abbauen. Die überraschende Situation hatte bestimmt zunächst Stress ausgelöst. Er äußerte sich zunächst nur mit Kopfschütteln oder Nicken, wie erfahrene Ehemänner das so machen. Dann wechselte ich die Farbe und er auch. Ich merkte, wie er sich zunehmend für mich interessierte. Ich bat ihn zur Kabine zu kommen. Er steckte den Kopf herein und ich stand da in einem knappen Stringhöschen, den BH angedrückt, bat ich ihn mir zu helfen; da ich vorgab den BH nicht wieder öffnen zu können „Er klemmt" lächelte ich ihn an. Er fingerte an dem Verschluss herum, der BH ging auf und da ich mit dem Rücken zu ihm stand konnte er meine kleinen Brüste zwar nicht direkt sehen, aber im Spiegel. Ich bückte mich, um einen anderen BH anzuziehen, gebeugt wirken meine kleinen Brüste etwas größer und voluminöser. Ich konnte nicht genau beobachten, ob er alles mitbekommen hatte, aber welcher Mann ließe sich eine solche Gelegenheit schon entgehen. Ich zog also einige weitere Modelle an. Er hatte gut zu tun und mittlerweile kommentierte er jedes Modell recht fachmännisch.

„Nicht dein Typ" ; „zu brav;" „sehr sexy" usw.

Ich merkte, er hatte einen sicheren Geschmack. Nun musste aber etwas mehr Schwung in die Situation, die Zeit drängte. Ich hatte, ohne dass er es bemerkt hatte, eine leicht durchschimmernde Korsage mit in die Kabine genommen, die passenden Strümpfe mit Naht hatte ich von zu Hause mitgebracht. Ich zog also diese sündigen Stümpfe an, legte die Korsage an und rief ihn mit aller mir noch zur Verfügung stehenden Gelassenheit. Er steckte wie immer den Kopf herein und ich fragte:

„Gefalle ich dir?"

Er schaute in meine Augen, an mir herab und ich sah wie er schluckte, ich hatte wie zufällig mein Höschen weggelassen. Ich fand mich total sexy. Mein üppiges Buschwerk lag völlig frei ... Nun musste er reagieren. Entweder ging er jetzt laufen oder ...

Ich schaute ihn auffordernd an. Sollte er jetzt etwas sagen oder mehr tun. Statt seine sichtbar langsamen Gedanken abzuwarten zog ich ihn ganz in die Kabine. Er hatte rote Ohren wie ein Schuljunge, die Latte in seiner Hose wusste auch nicht wohin. Ich sprach ganz ruhig weiter über Farbe und Größe, drehte mich dabei um, um ihm meinen knackigen Hintern nicht vorzuenthalten, dann streifte ich wie zufällig über seine Beule. Er lächelte verlegen und gequält. ZIP - schon hatte meine Hand Einlass in seine Intimzone gefunden. Sein Glied war schon erstaunlich hart. Ich holte es heraus und ließ seine feuchte Eichel durch meine Finger gleiten. Jetzt wusste er, ich hatte für ihn die Entscheidung getroffen. Wenn man jetzt seinen Verstand suchen sollte, ich hatte ihn in der Hand. Er sagte nichts, ich drehte mich wieder herum und zeigte ihm meine schönen umrahmten Po-Backen, auf die ich nicht wenig stolz bin. Ich hörte mich noch sagen:

„Schatz sollen wir nicht doch eine andere Farbe nehmen?" dabei schob ich seinen Schwanz in eine gute Startposition, Männer reden ja gerne von der Pole-Position, für mich war diese Po-Position die beste Ausgangslage. Da sein Glied erstmals Kontakt mit meinen Backen hatte, gab es kein Zurück mehr. Er schob seinen Schwanz so tief er konnte in meine Spalte. Es war wunderbar, zu genießen, was man sich so hart erarbeitet hatte. Dann half ich ihm so gut ich konnte und beugte mich etwas vor, der Raum war leider recht eng. Er schob ganz gefühlvoll und langsam hin und her. Ich spürte alles. Dann brachen alle Hemmungen weg, er hämmerte so heftig, dass ich es vorzog nichts zu sagen, da alle Laute eher ein Gurgeln wurden und die Worte bei jedem Stoß zerrissen wurden. Er stöhnte einmal kaum hörbar auf und ich wusste, gleich würde die Kabine wegschwimmen. Blitzschnell stieg ich von seinem tollen Gerät, hielt dabei mit festem Griff die

Schwanzwurzel fest. Ich drehte mich schnell herum; nun kam mir wieder mein zierlicher Körperbau zugute, hockte mich vor ihn und blies ihm ein Abschiedsständchen, was nur aus leicht schmatzenden Geräuschen bestand. Er zuckte und presste seinen Schwanz in meinen Mund, dass ich glaubte keine Luft mehr zu bekommen. Man bedenke, in der Kabine hatte ich wenig Ausweichmöglichkeiten. Dann brachen 5 lange kräftige Wellen aus ihm heraus. Ich nahm alle gierig auf. Danach entspannte er sich zusehends. Ich leckte seinen Schwanz gründlich sauber, damit mein toller Hecht zu Hause keinen Ärger bekäme. Dann erhob ich mich, er gab mir einen satten Kuss und verstaute dann seinen Lustbringer in der Hose. Nun da er kleiner wurde, war es kein Problem ihn unterzubringen. Ich sagte nur:

„Schatz, das ist genau das richtige, das nehme ich."

Er lachte und sagte „O.K." Ich zog die Korsage aus und reichte sie ihm aus der Kabine. Er schaute noch einmal auf meinen üppigen Busch. Dann schloss sich der Vorhang und ich zog mich wieder vollständig an, d.h. die Strümpfe wieder aus. Als ich aus der Kabine kam war mein Held weg und die Korsage auch. Ich dachte, hat er die vielleicht als Souvenir mitgehen lassen? Die Verkäuferin rief mir etwas zu. Ich ging zu ihr.

„Ihr Mann musste dringend zur Parkuhr, das hier hat er schon bezahlt." Ich dachte nur, ein toller Mann, vielleicht würde ich ihn einmal wiedersehen. Nun hatte ich ein Souvenir, an dem mein Mann ebenfalls viel Freude hatte. Die Erinnerung an ihn ließ mich unsere ehelichen Aktivitäten noch intensiver erleben. Manchmal bestand mein Mann sogar darauf, dass ich das gute Stück tragen sollte. Ich tat ihm gerne diesen Gefallen.

Die Welt war schön.

Ellen

Ich lernte Ellen bei einem Abend in der Volkshochschule kennen. Sie war sehr groß und stattlich und konnte dem Vortrag in italienischer Sprache scheinbar mühelos folgen. Meine Kenntnisse der Sprache bestanden aus einigen touristischen Brocken. Ich hatte einfach Lust etwas italienische Luft zu atmen. Vielleicht sollte ja doch einer der nächsten Urlaube dorthin führen. Die schönen Bilder der Landschaften der Toskana rührten mich sehr an. Die Farben, einfach fantastisch. Nach dem Vortrag gab es noch ein kleines italienisches Buffet. Ellen kannte sich mit allen Gerichten blendend aus. Ich erkannte unschwer, sie hatte sich schon öfter mit Italien beschäftigt. Wie sie mir erzählte, hatte sie schon viele Reisen nach Italien mit einer kleinen Gruppe unternommen. Ihr Interesse galt nicht nur der Sprache, sondern sie malte selber. In ihrem bürgerlichen Beruf betrieb sie eine nette kleine Buchhandlung. Ich nahm mir vor, sie dort wiederzusehen. Ein paar Tage später ging ich in den Buchladen um mir einen Reiseführer zu kaufen. Sie stand im Fenster und hängte ein Poster auf. Die Abendsonne fiel auf ihr volles dunkelrotes Haar. Es schimmerte sanft. Wie sie sich so reckte bemerkte ich erneut ihren ungeheuer großen Busen. Sie bewegte sich langsam, aber sehr geschmeidig. Obwohl ich sie einige Jahre älter als mich schätzte, war sie eine wunderschöne Frau. Ihre selbstsichere Ausstrahlung schlug mich in den Bann. Selten hatte ich eine ältere Frau als so anziehend und interessant empfunden. Als sie mich vor dem Fenster entdeckte, lachte sie und winkte mich wie eine alte Bekannte herein. Ich ging hinein und kaum hatte ich meinen Wunsch geäußert, begann sie einiges von sich zu erzählen. Da sie ledig sei, nutze sie jede Gelegenheit um zu verreisen. Manchmal fanden sich auch einige Frauen zusammen. Ihr Laden böte ja viel Gelegenheit für Kontakte. Sie schenkte mir ein kleines Kochbuch zur Einstimmung. Die Unterhaltung mit ihr empfand ich als so angenehm, dass ich von da an alle Bücher nur noch bei ihr kaufte. Ein paar Wochen später, es war in der Weihnachtszeit besuchte ich sie ohne einen besonderen Kaufwunsch. Ich wollte ihr nur guten Tag sagen. Sie freute sich sehr. Im Laufe eines langen interessanten Gespräches fragte sie mich, ob ich nicht Lust hätte mit ihr einen neuen Italiener auszuprobieren. Ich sagte sofort zu. Am Abend saßen wir in einer sehr netten Ecke des Lokales und amüsierten uns gemeinsam über einige Männer an den Nebentischen. Wir verstanden uns wie alte Freundinnen. Als der Kellner den Grappa brachte, fragte sie mich, ob ich nicht Lust hätte mit ihr für ein paar Tag ein die Toscana zu reisen, nur so zum Kennenlernen. Ich lachte, der Gedanke gefiel mir sehr. Nun, ich musste wohl zu Hause mit dem Familienrat noch darüber sprechen. Ich wartete einige Tage, wohl um mich selber zu prüfen wie ernst mir mit dieser Reise sei. Je öfter ich darüber nachdachte, um so stärker wurde mein Wunsch. Ich war etwas nervös als ich meinen Mann fragte, was er dazu meinte. Er stutzte erst. Dann sagte er,

„Fahr ruhig, ich komme ein paar Tage auch allein zurecht. Dann fahren wir im Sommer alle gemeinsam dorthin."

Ich war mehr als erleichtert, diese Frau war ihm vom Erzählen nur als Frau Wagner bekannt. Er akzeptierte meine Bildungswut. Also rief ich am nächsten Tag Frau Wagner an, bis dahin wusste ich nur, das ihr Vorname mit E. begann, ich hatte es im Geschäft an der Türe gelesen. Ellen war begeistert. Sie begann sofort mit der Planung. Wir telefonierten jeden Vormittag über den Stand der Planung. Ich bemerkte wie einfühlsam Ellen auf alle meine Wünsche einging. Zum Schluss ergab sich eine Reise von 5 Tagen, wir reisten mit dem Schlafwagen an. Am Ort selber hatte Ellen schon öfters einen Leihwagen genommen, so wollten wir es auch diesmal machen. Mein Mann brachte mich zur Bahn, Ellen sah wie immer blendend aus. Mein Mann fand sie auch sehr sympathisch. Die lange Bahnfahrt gab uns viel Gelegenheit, mehr über einander zu erfahren. Äußerlich waren wir sehr verschieden. Ich, sehr klein und zierlich mit kurzen dunklen Haaren. Sie mit einer sehr üppigen Figur, schlanken Beinen und wallenden dunkelroten Haaren. Sie hatte eine recht tiefe und sehr angenehme Stimme. Wenn sie erzählte fühlte ich mich irgendwie sicher und geborgen. Alle ihre Erzählungen strahlten einen unerschütterlichen Optimismus und eine für mich unbekannte Ausgeglichenheit und Ruhe aus. Woher nahm diese Frau diese Kraft. Nach einem Abendessen vor vorbeifliegenden Lichtern mit einigen Gläsern Wein, machten wir uns daran das Bett zu richten. Wir hatten gemeinsam ein Abteil, der

Schaffner hatte die beiden übereinander-liegenden Betten schon heraus geklappt. Beim Abendessen hatten wir uns auf das lange schon überfällige Du geeinigt. Albern wie junge Mädchen zogen wir uns aus. Wieder überraschte mich Ellen mit ihrer gewaltigen Oberweite, auch wenn alles sofort wieder in einem kurzen Nachthemd verschwand. Wir einigten uns schnell, ich schlief oben und machte mich auf den Weg nach oben. Sie half mir lachend und schob meinen kleinen Po nach oben. Als wir im Bett lagen, erzählten wir uns noch ein paar gute Nacht-Geschichten. Ellen erzählte von ihren Verflossenen. Sie hatte vor vielen Jahren einen Italiener zum Freund mit beachtlichen Attributen gehabt. Während sie so erzählte, streichelte ich meinen Busen und meine Muschi. Irgendwie fehlte heute Abend etwas. Am nächsten Morgen frühstückten wir gemütlich und es dauerte gar nicht lange, dann waren wir am Ziel. Ellen telefonierte in perfektem Italienisch und ein junger Mann brachte uns den Leihwagen zum Bahnhof. Das Hotel lag weit oben am Hang, wir hatten ein großes Doppelzimmer mit Balkon. Das Bad war erstaunlich groß. Dadurch hatte sogar eine ovale Badewanne Platz darin. Später erfuhr ich, das unser Zimmer gerne an Neuvermählte vermietet wurde. Wir packten aus und machten erste Pläne. Ellen hatte einen Koffer mit Malutensilien mitgebracht. Ich hatte, da ich nicht malte, einen Mp3Player und Bücher eingepackt. Ellen zog sich kurz um, nun wirkte sie noch italienischer, ich wusste selber nicht warum. Wir machten einen ersten Ausflug mit dem Wagen. Es war eher ein Wägelchen, ein Cinquecento, für mich groß genug und Ellen, nun sie war sehr gelenkig. Wann immer wir ausstiegen, erlebte ich wunderbare Düfte der Blumen und

Sträucher. Wir legten uns hoch oben auf den Bergen ins Gras und schauten einfach so in die bezaubernde Landschaft. Ellen bot mir an, meinen Kopf auf ihren Schoß zu legen. Ich fühlte mich sehr wohl in ihrer Nähe. Sie strich mir durch die. Haare und ich fand es sehr angenehm. Dann gingen wir weiter. Ich hatte das Gefühl Ellen schon ewig zu kennen. Als wir uns das nächste mal ins Gras setzten, meinte Ellen hier könnten wir ruhig ein Sonnenbad nehmen, weit und breit nur Natur. Ehe ich mich versah hatte Ellen Ihr Kleid von den Schultern auf die Hüfte geschoben. Ein schicker in den Dimensionen kaum zu beschreibender schwarzer BH kam zum Vorschein. Sie lag da und sonnte sich. Ich streifte kurzerhand mein Kleid ab und saß mit BH und Höschen da. Obwohl es noch kein wirklich warmer Sommertag war, war es mir warm. Als Ellen meine für sie vielleicht knabenhaft wirkende Figur sah, lächelte sie, keine Spur von Überheblichkeit. Sie sagte,

„du bist sehr hübsch."

Ich antwortete

„Das sagst du nur so."

„Nein, das meine ich auch so."

Wir schwiegen. Ich legte dann einfach noch meinen kleinen BH ab, um mehr Sonne und Luft an meinen Körper zu lassen. Ellen bot mir wieder ihren üppigen Körper als Stütze an. Ich spürte ihre Haut im Nacken. Ellen sagte nichts. Ihre rechte Hand spielte gedankenverloren mit einer Blume. Ich schloss die Augen und genoss die Sonne. Plötzlich spürte ich etwas auf meinem Bauch. Ich öffnete die Augen und sah wie Ellen mit der Blume meinen Bauch streichelte. Ich lehnte mich zurück und entspannte mich wieder. Ellen war sehr sanft. Sie kribbelte einmal fast bis zum Busen, dann wieder ging die Reise bis zu meinen Schenkeln. Dann hörte das Kribbeln auf. Sie hatte die Blume zwischen meine Brüste gelegt und begann sanft erneut zu streicheln, diesmal ohne Hilfsmittel. Ihre weichen warmen Hände glitten ohne Unterlass von den Schenkeln über den Bauch zu meinen kleinen Brüsten. Sie umrundete sie so langsam, dass ich dachte sie käme nie auf der anderen Seite an. Wozu auch Hektik, wir wollten genießen. Ich glaubte es im ersten Augenblick nicht. Sie hatte meine rechte Brustwarze zwischen ihre Finger genommen. Außer Mira, meiner besten Freundin hatte das noch nie eine Frau bei mir gemacht. Ich konnte nicht anders, ich lag wie versteinert, statt zu sagen, danke das genügt, wollte ich alles haben, nur nicht dass sie aufhört. Sie merkte sofort, sie hatte gewonnen. Das trieb sie keinesfalls an nun schneller oder heftiger zu werden. Wunderbar wie sie meine Knospen bearbeitete. Ich lag völlig entspannt mit dem Kopf auf ihrem Bauch und genoss. Nun hatten ihre Hände, die Linke hatte sich mittlerweile elegant um meine linke Knospe geschlossen ein weiteres lohnendes Ziel entdeckt. Die rechte Hand strich sanft aber intensiv die Innenseite meiner Schenkel. Meine Erregung stieg. Ellen bemerkte wie ich begann leicht zu zittern. Keineswegs weil ich fror, nein das Zittern erzeugte eher Wonnegefühle voller Ungeduld. Wann würden ihre Finger... Da waren sie, länger hätte ich nicht warten mögen. Sie streichelte sanft meinen kleinen Venushügel, drückte dabei kaum auf die Schamhaare. Warum spannte sie mich nur so auf die Folter. Ich wollte schreien,

„Nimm mich!"

aber es kam kein Laut über meine Lippen. Ellen

wusste was ich empfand. Sie wollte, das ich es wollte. Jaa, Jaa du hast gewonnen. Bitte nimm endlich meinen Kitzler wie vorher die Nippel Ellen tat mir erst viel später den Gefallen. Konsequent streichelte sie alles nur nicht die gewünschte Stelle. Selbst mein Zucken und Stöhnen konnte sie nicht erweichen. Endlich glitt sie in meinen Slip, zwischendurch hatte ich schon bereut ihn anbehalten zu haben. Aber das hätte Ellen nicht aus dem Rhythmus gebracht. Ihre Finger packten eine Schamlippen unerwartet fest. Unwillkürlich schrie ich auf. Sie strich mit der linken Hand über meinen Kopf und sagte:
„Bleib ganz ruhig, ich mag dich."
Ich sagte nichts. Wann würde sie ihr Werk vollenden. Ich bekam plötzlich Angst, sie könnte aufstehen und mich in meiner Not liegen lassen. Nein, Ellen war unglaublich, ihre Hände liebkosten, streichelten, kneteten zart alles was ich nur wünschen konnte. Meine Erregung war höher als sonst, wenn ich einen Schwanz im Mund hatte. Ganz plötzlich dachte ich mein Unterleib würde explodieren, was machte Ellen bloß. Sie hatte nahezu ohne jede Vorbereitung versucht, drei Finger in meine nasse Muschi zu schieben. Sie hatte wohl von ihrer Möse auf meine geschlossen. Nun ich war wohl ein wenig enger als sie. Einige Männer schätzten das sehr. Als sie merkte, das es so nicht ging, drehte sie sich unter mir weg und hockte sich zwischen meine gespreizten Beine. Geschickt drückte sie den Slip zur Seite. Sie sagte „Ist ja toll."
Ich nehme an, sie meinte damit meine üppige schwarze Behaarung. Jetzt gab es kein Halten mehr, Ellen bohrte mit einer Energie, dass mir Angst und Bange wurde. Sie hatte sich zum Ziel gesetzt ihre Hand in mich zu versenken. Trotz vieler Versuche

ging es nicht. Sie änderte nun ihre Taktik. Blitzschnell zog sie mir den Slip aus und von nun an leckte sie meinen Kitzler mit einer Inbrunst, die mich immer näher an den ersten Orgasmus brachten. Mein Becken kam ihrem Mund soweit wie möglich entgegen. Sie leckte auch mein kleines Loch, ich merkte kaum den Unterschied. Alles was mir jetzt recht, nur aufhören durfte sie jetzt nicht. Ich erlebte den ersten Orgasmus auf ihrem Mund, sie stöhnte ebenfalls. Ich brauchte nun eine kurze Erholung. Sie holte aus ihrem Rucksack eine Flasche Rotwein und gab mir zu trinken. Ein wenig verschüttete sie um es sofort zwischen meinen Brüsten bis zu meiner Muschi aufzusaugen. Die letzte Stelle gefiel ihr immer wieder am besten. Nun war ich wieder voll da. Was lag näher als mich auf meine Art bei ihr zu bedanken. Ich zog ihr Kleid bis zu den Knöcheln herab, sie stieg elegant aus. Dann zog ich ihr Höschen aus, ich schnupperte daran und fand den Geruch köstlich. Sie hatte bereits einigen Saft verloren. Es würde noch mehr werden. Wir setzten uns wieder und nun packte ich ihre riesigen Kugeln aus. Der BH hatte für mich nie erlebte Abmessungen, meine Vorahnungen hatten mich nicht getäuscht. Ich packte erst die eine dann die andere Brust mit beiden Händen. Es gelang mir nicht sie zu umschließen. Dann saugte ich ganz sanft an ihren dicken Nippeln. Sie waren groß wie Kirschen. Um sie herum ein Warzenvorhof wie ein kleiner Teller. Ich wollte jede Stelle verwöhnen.

Ellen hauchte, „fester, ich brauche mehr."

Ich nahm ihre Brustwarzen zwischen meine Finger und kniff einfach feste zu. Ich hätte vor Schmerz geschrien, nicht so Ellen. „Weiter, nicht aufhören,"

erstmals stellte sie Forderungen. Ich kam ihrem Wunsch gerne nach. Diesmal nahm ich meine Zähne zur Hilfe. Ich biss erst sanft dann immer wilder hinein. Die Kirschen wuchsen noch mehr. Ich glaubte ihr wehzutun, doch sie trieb mich weiter an. Nun *wollte* ich aber endlich ihre Möse erkunden. Ich beugte mich über sie und begann jeden Winkel ihre Möse mit meinen Lippen zu erkunden. Ellen genoss es sichtlich. Nun nahm ich auch noch meine Finger dazu. Der Weg in ihr inneres war eine wunderbare Reise vorbei an dicken geschwollenen Schamlippen, lange noch geheimnisvolle enge Wege und nicht zu glauben einer eigenen Grotte in die meine kleine Hand gut hineinpasste. Ich formte eine Faust begann leicht zu drehen. Ellen lag da und genoss. Dann änderte ich meine Technik und bewegte meine Faust so als würde ich sie gleich ganz herausziehen. Ihre engste Stelle umschloss fest mein Handgelenk. Ihr ständig fließender Saft half mir sehr, jede Bewegung gelang fast mühelos. Die Vorstellung eine Hand in meiner Muschi zu haben war für mich noch unvorstellbar. Ich hatte schon mit anderen Gegenständen experimentiert, nur eine ganze Hand war noch nicht dabei gewesen. Ellens Busen bebte, ich hatte noch nie gesehen, dass ein Busen dieser Größe so schöne Bewegungen zeigte. Ihre Kirschen tanzten geradezu auf diesen Bergen, wären sie nicht angewachsen, hätte man vermuten können, dass sie von den dunkelroten Tellern herunterfallen würden. Ich konnte es mir nicht verkneifen, abwechselnd ihren dunkelroten Kitzler und dann wieder ihre Kirschen zu lecken. Wobei ich wegen meiner eigenen Hand zur Zeit schlecht an die tolle Möse kam. Ich würde sie bei nächster Gelegenheit gerne intensiv untersuchen. Ellen schien überzulaufen, ihre Möse zuckte und arbeitete, wie ich es noch nie erlebt hatte. Das Ende war nah, Ellens innerstes wollte heraus. Ich konnte meine Faust nicht mehr in ihrem Innern drehen. Ihre Gebärmutter drückte mich heraus. Sie drückte meine Hand mit einer Kraft heraus, die etwas von einem Urerlebnis hatte.

Ellen, Frau total.

Ich war sehr glücklich an ihren Gefühlen teilzuhaben. Ellen nahm meine Hand und küsste sie, dann lehnte sie sich mit einem tiefen Seufzer zurück und schloss die Augen. Ich sah, dass ihre Möse noch immer keine Ruhe gab, ihre nassen Schamlippen bewegten sich, wie von Geisterhand. Sie legte ihr Kleid über, ohne es anzuziehen. Ich kuschelte mich an sie und fand totale Geborgenheit. Abends aßen wir in einem ihr vertrauten kleinen Restaurant. Der Kellner begrüßte uns wie alte Bekannte. An diesem Abend hatten wir nicht. mehr das Bedürfnis auszugehen. Wir nahmen eine Flasche Rotwein mit auf unser Zimmer und Ellen und ich lasen. Mein Kopf in einer vertrauten Position. In der Nacht bemerkte ich mehrmals die Wärme ihrer Brüste in meinem Rücken. Ich kuschelte mich einfach vor sie in ihren Schoß.

Ellen 2

Am nächsten morgen beschlossen wir im Bett zu frühstücken und später wollte Ellen mit dem Malen beginnen.

Die Sonne schien durch die Balkontüre direkt auf unser Bett. Ellen sah ungekämmt noch ursprünglicher aus. Als ich aus Übermut die Decke zurückschlug lag sie in all ihrer Schönheit in der Sonne. Ich küsste sie auf ihren glatten festen aber üppigen Bauch. Nun, mussten wir aber telefonieren, sonst würden wir hungrig bleiben. Ellen machte das. Ich verstand nur Bahnhof. Dann stand ich auf, drehte den Schlüssel an der Zimmertüre und legte mich wieder ins Bett. Bald darauf klopfte es. Ellen rief ihm zu, er solle hereinkommen, die Türe sei offen. Er trug ein Tablett und stellte es auf den Tisch am Fenster, warf uns schnell einen Blick zu und verschwand wieder. Schon war ich wieder bei der Türe um abzuschließen. Wir beschlossen uns nicht an den Tisch zu setzen, sondern splitternackt in der Morgensonne im Bett zu frühstücken. Wir rollten schnell die Decke zu einer Rückenrolle zusammen, stellten das Tablett zwischen uns und begannen. Die Getränke hatten wir zur Sicherheit auf dem Nachttisch abgestellt. Ellen wisch als erste vom normalen Frühstücksprogramm ab. Sie nahm Marmelade auf den Löffel und strich sie mir auf meine kleinen Titten, um sie kurz darauf wieder abzulecken. Ich hätte das gleiche machen können, aber dann wäre unser Vorrat an Marmelade dabei drauf gegangen. Ich nahm statt dessen Trauben, die mehr als Dekoration gedacht waren, legte sie zwischen ihre herrlichen prallen festen unbeschreiblich femininen Titten und machte meinen eigenen Traubensaft. Die schönste Saftpresse, die ich je benutzt hatte. Bevor der Saft das Laken erreicht hatte, lag ich unter ihren Brüsten und leckte, als wenn es heute nichts mehr zu essen gäbe. Ein Frühstücksei war auch dabei. Ellen witzelte und brachte sie mit den Eiern unseres Kellners in Verbindung. Mir war heute nicht nach Kellnereiern. Ich pellte das Ei. Es war ziemlich hart gekocht; normalerweise ein Grund zur Reklamation. Ich machte das beste draus und schob Ellen das Ei in ihre Möse. Sie war erstaunt und sagte:

„Das kriegst du nicht wieder."

Es war vollständig verschwunden. Ich wollte es wieder haben. Ich dachte, wenn ich meine Finger nehme, geht es kaputt. Also legte ich mich auf die Lauer. Irgendwann würde es wieder auftauchen. Ich leckte Ellens Kitzler um sie gütig zu stimmen. Aber es dauerte doch noch eine Weile bis sie sich dazu durchringen konnte es wieder abzugeben. Während meine Zunge ihre üppigen Lippen befeuchteten kam es mir entgegen. Ich versuchte es unbeschädigt in meinen Mund zu bekommen. Es gelang, ich bekam ein fein gewürztes Frühstücksei, ohne Salz. Salz soll ja auch gar nicht so gesund sein. Das Frühstück war vorbei, wir hatten sogar etwas gegessen. Alles an uns klebte. Nach dem Frühstück nahmen wir uns noch Zeit für ein reinigendes Bad. Am zweiten Tag hatten wir uns viel Kultur vorgenommen. Mit Ellens Kenntnissen gelang dies ohne Mühe. Ein halbes Dutzend mal stiegen wir aus dem Cinquecento, um ein umfangreiches Programm zu absolvieren. Ellen kannte sich blendend aus und konnte überall genau Auskunft geben. Ich versuchte mir einiges zu merken, mein Mann würde erstaunt sein, wenn ich im Sommer meine Kulturkenntnisse anbringen würde.

Ellen und das Abendessen

Als wir abends zu einer kleinen Taverne fuhren, um zu Abend zu essen, merkte ich wie sehr es mir gefiel in ihrer Nähe zu sein. Sie war stets heiter, unterhaltsam, gebildet und hatte eine unerschütterliche weibliche Ausstrahlung, besonders in diesem einfachen Kleid. Wir blieben sehr lange, einige Männer hatten versucht Kontakt aufzunehmen, Wer könnte es ihnen verdenken. Ellen wies ihre Gesellschaft freundlich, aber sehr bestimmt zurück. Wir blieben unter uns. Auch wenn wir unter anderen

Umstände einige davon akzeptiert hätten, hielt uns das nicht im Geringsten davon ab, Männergeschichten mit delikaten Details bei allen Gängen auszutauschen. Ellen vermied es auch nur eine einzige Geschichte mit einer anderen zu erwähnen, ich ebenso. Mira blieb heute unerwähnt. Der Augenblick zählte. Das Essen war schon abgeräumt, ich hatte wohl einen kleinen Schwips, der zweite Grappa und der Rotwein machten mich übermütig. Wir saßen am Ende des Lokales. Ich saß an der Wand, mit Blick ins Lokal, Ellen mir gegenüber. Zwischen uns ein winziger Tisch für zwei und der Schein der flackernden Kerze. Ellens Haar gefiel mir auch bei diesem Licht. Ich bewunderte ihr Gesicht, die Harmonie ihrer Gesichtszüge, alles passte zu ihr. Die Schönheit einer reifen Frau. Ich wollte sie gerne streicheln, aber hier ging dies nicht. Also zog ich einen Schuh aus und strich über die Innenseite ihrer Waden. Sie sprach ganz ruhig weiter. Gleichzeitig drückte sie kurz die Knie zusammen. Ich wusste, sie mochte es. Dann wanderte mein Fuß höher, streichelte die Innenseite ihrer Schenkel. Sie wusste, dass diese Haltung auf Dauer für mich zu anstrengend sein würde. Ihre linke Hand fuhr ohne zu zögern unter den Tisch und unterstützte meine Wade. Von nun an konnte mein Fuß nach Belieben agieren. Ich hatte mir vorgenommen, mit den Zehen ihren großen Busen zu liebkosen. Ich wanderte mit den Zehen über ihren Bauch, dabei bemerkte ich, dass sie zwar einen weichen Body und lange schwarze Stümpfe angezogen hatte, ihren Slip hatte sie jedoch vergessen. Das Blut schoss in meine Ohren. Ellen kam näher. Ich spürte die Rundungen und das Gewicht ihrer Brüste. Nun versuchte ich mit den Zehen herauszufinden, wo ihre Nippel waren. Der Tisch begrenzte meine Reichweite, Ellen beugte sich noch mehr vor, meine Zehen erreichten ihr Ziel und spielten ein wenig mit ihrem üppigen Ballon und einer Kirsche. Langsam verkrampfte sich mein Bein, auch Ellen saß etwas verkrampft da. Das passte nicht zu ihr. Ich hatte meinen Ausflug genossen und ließ meinen Fuß sinken, direkt zwischen ihre Schenkel. Sie setzte sich wieder aufrechter, mit leicht gespreizten Schenkeln, niemand konnte etwas erahnen, das Kleid verdeckte alles perfekt. Nun versuchte ich mit spitzen Zehen ihren Venushügel zu streicheln. Er fühlte sich wunderbar an. Ellen reagierte hauptsächlich mit ihren Augen. Die sagten, *mehr Kleines*. Ich hatte schon länger nichts mehr gesagt, meine Arbeit nahm mich voll in Anspruch. Ellen ließ die verbale Unterhaltung nicht abreißen. Jetzt wurde ich kecker. Ich wollte herausfinden, ob mein dicker Zeh ihren Kitzler finden könnte. Ich fand ihn, Ellen zuckte kurz, um sich danach sofort wieder unter Kontrolle zu bringen. Ihr Sprachfluss wurde etwas langsamer. Dann ließ ich den Fuß kurz sinken, nur um von weiter unten meine Erkundungstour neu anzutreten. Ellen rutschte vor die Stuhlkante. Ich bewegte nur meine Zehen und spielte mit ihren Lippen. Sie waren so ausladend, dass ich beim ersten Betrachten auf vier ausgewachsene Lippen gekommen war. Die inneren waren annähernd so groß wie die äußeren. Einfach geil. Im Blindflug versuchte ich Einlass zu finden. Mein dicker Zeh war besonders neugierig. Ich hatte den Vorteil, ihre Möse schon einmal bei Licht gesehen zu haben. Dies erleichterte mir ein wenig die Orientierung. Dennoch ihre weichen Schamlippen waren überall, wo war bloß der Eingang? Mehrere Fehlversuche, ich landete zwischen Nummer eins und zwei oder drei und vier ließen mich fast verzweifeln. So kurz vor dem Ziel durfte ich nicht aufgeben. Ellen bemerkte meine Ungeduld und dirigierte meine Zehen und Fuß von der Wade aus. Und siehe da, ich spürte sie. Mein Zeh strich durch die Spalte. Es ging immer leichter. Nun hatte ich einen nassen Zeh, dachte ich, schade dass ich ihn nicht ablecken konnte. Mein Fuß strebte weiter. Fast ohne Kraft schaffte er den vorderen Eingang bis zur engen Stelle. Ich musste vorsichtig sein, ich wollte Ellen nicht mit meinen zwar gepflegten, lackierten aber vielleicht dennoch scharfen Zehennägeln verletzen. Ellen spürte, wie ich innehielt. Sie schien keine Pause zu brauchen. Wieder drückte sie meinen Fuß weiter. Mein großer Zeh bewegte sich ganz feinfühlig um die Öffnung zu meinem Traum zu finden. Ganz langsam ging die Türe auf. Ich genoss es zu spüren, wie ihr Fleisch willig meinen Fuß begrüßte. Alle Zehen waren drin, Ellen verdrehte voller Genuss die Augen, ein kleines Stöhnen konnte sie nicht mehr unterdrücken. Sie ermunterte mich noch weiter zu stoßen. Wie groß konnte ihre Möse denn eigentlich noch werden. Diese Frau war für mich eine Offenbarung. Mittlerweile hing ich schon ein wenig unter dem Tisch. Lange könnte ich das nicht mehr durchhalten. Ellen begann meine Wade fester zu packen, nun wollte sie alles. Sie schob meinen Fuß gezielt vor und zurück. Dann bemerkte ich wieder diese Kraft, die michAnfangs umklammert und danach rauswirft. Ellen kam. Sie warf sich auf dem Stuhl zurück, ließ meinen Fuß los, ich spürte ihre Beine. Sie zitterten und Ellen keuchte. Gut das immer noch die Musik aus den Lautsprechern kam. Nun war ich mit der Unterhaltung dran. Ich quatschte drauflos, nur damit Ellen wieder zu Atem kam. Sie nahm eine Serviette vom Tisch und schob sie kurzerhand unter ihr Kleid. Wir kühlten uns noch mit einem kleinen italienischen Eis ab, bevor wir bezahlten. Dann fuhren wir im Cinquecento nach Hause. Auf der Fahrt, ich konzentrierte mich in der Dunkelheit auf die kurvenreiche Strecke um ihr zu helfen, spürte ich etwas weiches in meinen Händen. Ich griff danach, hielt es vor meine Augen und bevor ich im Dunkeln sehen konnte, was es war, roch ich es. Es war das mit Mösensaft getränkte Tuch aus dem Restaurant. Ellen konnte sich über meinen ersten Schreck köstlich amüsieren. Ich lachte nicht, ich schnupperte und beschloss es als Souvenir mit zu nehmen. Immerhin trug es die Initialen des Restaurants.

Zweiter Morgen

Am nächsten morgen schien uns die Sonne wieder voll in unser Bett. Wir hatten die Doppeltüre zum Balkon offen gelassen. Da ich viel für frische Luft und Sonne übrighabe, bat ich Ellen nicht im Bett, sondern vor dem Balkon zu frühstücken, so konnte von unten niemand hereinschauen. Wir stellten den kleinen Tisch und die beiden Sesselchen an die offene Türe. Fertig war ein Frühstückstisch im Sonnenschein mit Luft und dem wunderbarsten Ausblick in die Landschaft, die man sich vorstellen kann. Nun fehlte nur noch etwas zu essen. Ellen erledigte dies in gewohnter weise. Ich verstand wieder nicht, was sie bestellte. Da ich wusste, dass wir nach dem Frühstück vielleicht wieder leicht bekleckert sein würden, ließ ich vorausschauend schon mal das Wasser in unsere riesige ovale Badewanne ein. Es würde einige Zeit brauchen, sie zu füllen. Es klopfte, der Kellner kam. Heute waren wir kecker als gestern. Wir wollten ihm etwas bieten. Splitternackt saßen also zwei gut geformte Körper, wenn auch mit unterschiedlichen Proportionen am offenen Fenster. Er kam, zuerst sah er wohl nur unsere Silhouette, zügig zu unserem Tisch. Kurz vor dem Tisch gerieten seine Schritte ins Stocken. Ellen sagte unschuldig: „Stellen Sie es bitte auf den Tisch." Er kam der Bitte sofort nach, während er den Tisch deckte, schaute ich mehrfach auf seine Hose. Ellen würde zu gerne wissen wollen, welche Wirkung wir gehabt haben. Ich glaubte etwas zu bemerken, da er sich jedoch vorbeugte, entstand vorne mehr Raum. Am liebsten hätte ich einfach blind zugegriffen, um mich zu überzeugen. Es war ein knackiger Bursche, der bestimmt einiges vertragen konnte. Nun er ging, ohne dass ich seinen Schritt näher untersucht hatte. Man kann nicht alles haben. Nun grinsten wir uns an, als die Türe wieder ins Schloss fiel. Der Tag hatte wieder reizend begonnen. Ich hatte in weiser Voraussicht über beide Sessel chen Badetücher des Hotels gelegt. Eine feuchte Stelle mitten auf dem Sessel wäre mir schon peinlich, zumal er uns hier hatte sitzen sehen. Wir begannen mit Kaffee und schönen italienischen Brötchen. Der Abstand zu Ellen war zu groß, um wie gestern ihre großen Brüste einzustreichen oder … Da wunderten wir uns nicht schlecht. Ohne, das wir die Türe geöffnet hatten, spazierte unser Kellner herein, er hatte leise den Hotelschlüssel benutzt. Ellen holte Luft und wollte ihn hinauswerfen. Da sagte er:

„Hier habe ich ihnen noch etwas für das Frühstück mitgebracht. Zwei so schöne Frauen sollten vielleicht mit einem Glas Champagner den Tag begrüßen."

Ich musste schmunzeln. Gestern Ellens nackte Riesentitten im Bett, heute zwei nackte Frauen am frühen Morgen. Das hatte ihn sicherlich nicht ruhen lassen. Vielleicht waren wir auch zu egoistisch, immerhin müsste er jetzt den Tag über mit einer Latte klarkommen. Das war für seine Arbeit sicherlich kein Vorteil. Ellen ließ ebenfalls Luft ab, ohne etwas zu sagen. Wortlos griff sie erst zur Flasche, dann an seinen Hosenlatz. Ihr Lächeln zeigte mir, das darin wohl der Teufel los war. Sie holte geschickt seinen Schwanz heraus und streichelte seine Eichel. Ich kniete mich neben ihn, löste seinen Gürtel und schon stand unser Kellner unten rum auch im Freien. Seine Hose fiel bis auf die Socken. Ich konnte mir sein Gehänge im Sonnenlicht genau betrachten. Er stöhnte dankbar. Ellen sagte ihm, er solle sich hinlegen. Er hörte sofort. - Bloß nichts tun, damit diese Engel aufhören. - Nun wer sollte sich auf ihn setzen. Ellen opferte sich. Nahezu ohne jede Verzögerung schwang sie sich auf sein in Vorfreude triefendes bestes Stück. Es verschwand, schon bedauerte ich, es nicht wenigstens angeleckt zu haben. Ellen ließ ihre Möse arbeiten, sie bewegte sich kaum. In ihrer Möse schien aber die Hölle los zu sein. Er keuchte und häschelte, dass ich mir fast Sorgen um unser Kellnerlein machte. Ellen schien ihn einfach zu verschlingen. Ich denke der Anblick ihrer Riesenbrüste würde auch bei Männern nie ihre Wirkung verfehlen. Für mich war es jedenfalls immer noch ein Anblick, der mir jedes Mal meine Muschi durchfeuchtete. Nun kam er, er bäumte sich auf, konnte sich unter Ellen jedoch kaum bewegen. Sie hatte alles voll unter Kontrolle. Es war schön, ihr zuzusehen. Auch wenn mich kleine Anwandlungen der Eifersucht packten. Nachdem er gespritzt hatte und erschöpft zurückfiel, erhob sich Ellen und verschwand im Bad. Ich nutzte die Gelegenheit und leckte erst über seinen feuchten Sack, lutschte kräftig an den Eiern und säuberte dann seine Eichel und Vorhaut aufs gründlichste. Ich schmeckte ihn und sie in einer herrlichen Duft- und Geschmacksmischung. Nun kam unser Mann wieder zu sich. Er schaute mir zu, wie ich sein nun abgeschlafftes Glied immer noch leckte und lächelte dankbar. Dann schob er mich sanft zur Seite, erhob sich. Fast wäre er gestolpert, da seine Hose immer noch an den Fersen hing. Er zog sie hoch und mit einem Kuss auf meine kleinen Knospen verabschiedete er sich. Irgendwann würde ich ihn vielleicht auch einmal testen. Ich nahm den Champagner mit zu Ellen, die schon in der Badewanne lag. Der Badezusatz hatte für einen riesigen Schaumberg gesorgt. Selbst Ellens Brüste ragten nicht mehr heraus. Wir beschlossen gemeinsam zu baden und dem Rat des Kellners folgend den Champagner direkt aus der Flasche zu schlürfen. Ich stellte die Flasche auf einen Stuhl neben die Wanne, kletterte hinein und setzte mich Ellen gegenüber, vorübergehend konnte ich sie gar nicht sehen, der Schaum war zu hoch. Ich tastete nach ihr und fand ihre Schenkel. Ich streichelte sie und Ellen streckte ihre Beine genüsslich aus. Als ich mich vorbeugte, um mehr von ihr zu fühlen, bemerkte ich einen rundlichen weichen Gegenstand am Grund der Wanne. Ich erschrak fürchterlich, und schrie kurz auf. Ellen sagte: „Es ist alles in Ordnung, ich habe uns was mitgebracht."

Dieses etwas wollte ich näher untersuchen. Ich fühlte entlang dieser weichen Schlange, Wurst, ich wusste noch nicht, wie ich sie/es nennen sollte. Es war ca. 1/2 Meter lang und ein Ende hatte ich schon gefunden, wo war das andere? Ich fühlte entlang dieser Schlange und kam dicht an Ellens Oberschenkel. Saß Ellen darauf? Meine Fingerspitzen überzeugten mich von der Wahrheit. Es verschwand in den Tiefen von Ellens

Möse. Ich war mehr als überrascht. Einen solchen Gegenstand hatte ich noch nie gesehen oder gefühlt. Ich nahm das freie Ende hoch um es näher zu untersuchen. Ich erschrak ein zweites mal. Das Ding sah in Farbe und Form aus wie ein dicker Pimmel. Selbst die Eichel und die Adern eines strammen Schwanzes waren zu sehen und zu fühlen. Brauchte Ellen so viel, gab ich ihr noch immer nicht genug? Zweifel an meiner Fähigkeit sie nicht nur zu verwöhnen, sondern auch zu befriedigen kamen mir. Ellen sagte:

„Kleines, wir machen es gemeinsam."

Wie sollte das gehen. Nun ich entspannte mich erst einmal, trank einen großen Schluck Champagner, reichte auch Ellen die Flasche und ließ mich zurücksinken. Ellen würde mir nun etwas Neues zeigen. Bisher hatte sie mich immer wieder aufs Neue überrascht, aber nie enttäuscht. Ich war voller Vertrauen und heißer Erwartung. Sie beugte sich über mich und sagte, ich solle meine Knie leicht anheben. Ihre Hand strich über die Innenschenkel. Ich wusste ihre Hände würden sie finden. Sie streichelte meinen Kitzler, ich genoss jede noch so kleine Bewegung ihrer Finger, sie war sehr zart, dennoch waren erst ein, dann zwei Finger schon auf dem Weg in mein Inneres. Die erste Spreizung war mir etwas unangenehm, gewöhnlich nehme ich mir mehr Zeit. Ellen wusste, das warme Wasser und der Sekt würden ihr helfen. Sie schob nun abwechselnd ihre Finger, ich glaubte manchmal auch den dritten Finger zu spüren, hinein und dann das mir noch unbekannte, aber geschmeidige Ding. Ellen schob, ich dachte immer nur an den großen eichelförmigen Kopf, schon war ich wieder verkrampft. Sie streichelte meine Knospen, sie zu küssen war nicht möglich, da auch sie mit

Wasser und Schaum bedeckt waren. Ich entspannte mich wieder mehr. Mit einer etwas brutalen Bewegung schob Ellen es hinein. Nachdem der Kopf verschwunden war und sich meine leichte Verkrampfung gelöst hatte, machte sich ein von anderen Gegenständen bekanntes wohliges Gefühl breit. Es, besser ER, es war nun männlich geworden, füllte mich wunderbar aus. Er sollte drinbleiben, nicht wieder raus. Ich hörte mich sagen: „Lass ihn mir."

Mira setzte sich wieder zurück und Schwupp hatte sie wieder den Kopf verschluckt. Sie begann nun unsere Verbindung hin und her zuschieben, so waren wir in den Gefühlen genau synchron. Der Schaum war mittlerweile etwas zusammengefallen, so konnte ich Ellen wieder in die Augen sehen. Sie schob ganz langsam, beobachtete mich genau. Dann steigerte sie das Tempo, ich dachte ER würde bis zum Hals hinaufwollen, um mich in Sekunden wieder zu verlassen. Das wollte ich nicht. Ellen hatte wohl ähnliche Gefühle, ihr Gesicht schien irgendwie leidvoll verzerrt. Der alles erlösenden Augenblick schien nicht mehr weit. Wie ich sie kannte, wollte sie ihn mit mir im gleichen Augenblick erleben. Ich beeilte mich ein wenig, da ich wusste dass Ellen erheblich schneller zum Höhepunkt kommen konnte als ich. Ich konzentrierte mich ganz ausschließlich auf meine Muschi. Ich wusste nicht mehr ob er gerade vorne oder hinten war, alles war in totalem Aufruhr. Wenn es mir kommen würde --- sollte ich schreien? ging er schmerzfrei wieder heraus? Egal, ganz egal.

„Mach weiter, nicht aufhören!"

„Ich kom .."

Es ging nicht mehr, ich hatte einen Nippel fest in der einen Hand, mit der anderen schob ich unseren neuen Freund. Geilheit pur. Ellen kam. Ich bemerkte, wie ich mehrmals nicht mehr schieben konnte, ihre Möse schien ihn eisern zu umklammern. Dann spürte ich einen enormen Druck in meiner Muschi, er war ganz oben angekommen. Ellen hatte ihn mit ihrer Möse, wie sonst meine Hand kurzerhand vor die Türe befördert. Da gab es auch für mich keinen Halt mehr. Ich ließ es kommen. Riss mir den dicken Pimmel aus der Muschi und dachte es würde gar nicht mehr aufhören. Alles in mir zuckte, ich konnte gar nichts machen. Nun kam Ellen, rutschte kurzerhand hinter mich und hielt mit der einen Hand meinen kleinen Busen und mit der anderen Hand wollte sie die letzten Zuckungen meiner Muschi spüren. Ich ließ mich einfach fallen. Ellen sagte mir später, dass ich für ein paar Minuten in ihren Armen wie im Schlaf gelegen hatte. Nur meine Muskeln in Bauch und Oberschenkel hätten ein wunderbares Spiel getrieben. Ich hatte es nicht mehr gemerkt. Wir blieben noch eine Weile in der Wanne, das warme Wasser machte uns so müde, dass wir nass wie wir waren einfach noch mal ins Bett krochen und bis Mittag schliefen. Dann konnte der Tag zum zweiten mal beginnen.

Wir aßen im Hotelrestaurant zu Mittag. Unser Kellner vom Frühstück überschlug sich mit Aufmerksamkeiten. Nun ja, man kann es ja verstehen, nach dem Service von heute morgen. Nun wollten wir wieder die Landschaft genießen. Wir fuhren also raus aufs Land, unseren letzten Nachmittag zu genießen. Wieder lagen wir faul im Gras. Ellen bat mich ihr Modell zu stehen. Sie hatte ihr Künstlerköfferchen mitgenommen. Mir war' s recht. Sie bat mich, mich auf einen großen Stein zu stellen. Nun malte sie mich, immer in verschiedenen Posen. Sie nannte sie Posen griechischer Göttinnen. Ich konnte mir nicht allzu viel darunter vorstellen. Das einzige was ich von

Griechen behalten hatte, war, das sie gerne nackt Sport trieben, so wie ich. Vielleicht hatte ich ja griechisches Blut in mir, mir gefiel es auch nackt zu posen. Nun nach dem siebten Bild hörten wir auf. Ellen war sehr streng zu mir, sie zeigte mir kein einziges ihrer Bilder. Warum erkannte ich erst viel später, als ich sie wieder mal in ihrem Buchladen besuchte. Nun hieß es Abschied nehmen. Der Zug wartet nicht. Wir waren ins Hotel gefahren, hatten schnell unsere sieben Sachen gepackt und ab zum Bahnhof. Den Cinquecento ließen wir am Bahnhof stehen. Schlüssel im Kofferraum. Er würde später abgeholt werden.

Die Heimfahrt

Im Zug richteten wir uns wieder häuslich ein. Nicht nur um die Zeit zu füllen, setzten wir uns in den Speisewagen um erst zu speisen und danach noch einige Gläschen zu leeren. Hier ließ sich herrlich über all die Männer und Frauen lästern. Abwechselnd erfanden wir kleine Lebensläufe von Männern und Frauen an den Nebentischen. Diese Spiel versetzte uns in beste Stimmung. Lange vor Mitternacht dachten wir wieder an unser nettes Abteil. Wir verließen den Speise wagen, nicht ohne auch den Kellner in unser Spiel einzubeziehen. Als wir im Abteil ankamen, konnten wir uns nicht mehr normal hinsetzen. Der Schaffner hatte bereits die Betten heraus geklappt. (Viel später gestand mir Ellen, dass sie dies ein zusätzliches Trinkgeld gekostet hatte, vor der Zeit gemachte Betten vorzufinden). Ich dachte, gar nicht schlimm, die Tage mit Ellen waren ja bekanntlich recht anstrengend. Sie zeigte bisher keinerlei Ermüdungserscheinungen. Wir schminkten uns ab, ein letztes Pippi und dann nachtfein machen. Immer wenn Ellen ihre riesigen Kugeln entblößte verspürte ich den unbändigen Drang sie zu berühren. Ich küsste und knetete sie ein letztes mal. Morgen früh würden wir keine Zeit haben uns angemessen zu verabschieden. Ein Bett oben, eines unten, wo sollte ich schlafen? Ellen sagte, da ich auf der Hintour oben geschlafen hatte, nun wolle sie hinaufklettern. Gesagt, - getan, Ellen war, ich hatte mich mehrmals davon überzeugen können, sehr gelenkig, also stieg sie kurzerhand die kleine Leiter hoch. Nicht ganz. Nach der dritten Sprosse hielt sie inne. Ich wollte ihr helfen und ging hinter sie. Packte unter ihr weites Nachthemd und spürte sie. Ich konnte nicht widerstehen und küsste ihren Hintern. Mein Kopf verschwand dabei unter dem Nachthemd. Ellen beugte sich ganz weit nach vorne, so konnte ich nicht nur ihre Backen schlecken, sondern ihre wunderbar duftende Dose. Sie hielt still, wie eine Stute, die vom Hengst beschleckt wird. Nun ich war heute ein zwar kleiner, aber nicht zu verachtender Ersatzhengst. Ich konnte mir kaum vorstellen, das ein Hengst mehr Hingabe in diese Tätigkeit legen würde. Der Saft lief bereits an ihren Schenkeln entlang. Nun bat mich Ellen eine bequemere Haltung einnehmen zu dürfen. Ich hatte ganz vergessen, dass sie immer noch auf der Leiter stand. Ich ließ nun von ihr ab und Ellen legte sich auf den Rücken, ihre Beine baumelten über der Bettkante in der Luft. Ich musste sie stützen, sonst würde sie noch herunterfallen. Ich trat ganz nah ans Bett, legte ihre Beine über meine Schultern und erzeugte so eine für uns beide angenehme Körperhaltung. Mein Gesicht landete nun unmittelbar vor ihrer unbeschreiblichen Möse. Ihr Duft betörte mich. Gleich würde ich sie wieder schlürfen. Ich griff von unten an ihre üppigen Schamlippen um besser mit der Zunge voranzukommen. Ich zog und zog und merkte erstmals, wie enorm dehnungsfähig ihre Lippen waren. Nun wollte ich es genau wissen. Ich nahm ihre Beine von meinen Schultern, drückte sie nach oben über ihren Bauch. Nun lag sie so da, wie jeder Mann es sich erträumt, bevor er hemmungslos in sie eindringt. Ich nahm wieder ihre Lippen, zog mit dem Mund an ihnen und wunderte mich, wie weit ich mich entfernen konnte. Dann griff ich mit der linken und rechten Hand, nahm jeweils eine dieser Unbeschreiblichen zwischen Daumen und Finger und zog sie auseinander. Der Schein vorbei eilender Lampen ließ die Schamlippen immer wieder leicht durchscheinen. Ich denke, die waren nun so groß wie eine Hand. Wie konnte es so etwas geben. Mich überkam neben Ehrfurcht über diese liebenswerte Abnormität auch ein Schauer. Ellen schien es zu mögen wie ich mit ihren Labien spielte oder soll ich sagen arbeitete. Ich spürte das Bedürfnis ihr noch näher zu kommen. Ich leckte über alles was meine Zunge erreichen konnte. Alles war warm und feucht. Ellen nahm meinen Kopf in beide Hände und drückte mich noch tiefer in ihre Möse hinein. Nun berührten ihre Schamlippen meine Ohren. Meine Wangen wurden auf beiden Seiten von ihnen geführt. Das einzige wovor ich Angst hatte, gleich so tief zu rutschen, das mir die Luft ausginge. Ich versuchte zurückzuweichen, aber Ellen ließ es nicht zu. Mir brach der Schweiß aus. Sollte ich hier ersticken, im Schoße einer Frau. Ich riss mich los und holte tief Luft. Ellen hatte verstanden, sie blieb ganz ruhig liegen und murmelte nur

„Entschuldige bitte!"

Diese Stellung hatte mir ja gut gefallen, aber mit so

vielen weichen Teilen um mich gab's halt keine Möglichkeit zu atmen. Der Mund gefüllt, die Nase gepresst, es ging eben nicht. Nun ich hatte sie schon so weit hoch gebracht, sie wäre bestimmt enttäuscht, wenn dass das Ende wäre. Ich verlegte also meinen Entdeckungsdrang wieder auf meine Hände. Da meine Hände den Weg kannten, verließ ich mich einfach auf sie. Zuerst bohrte ich wieder mit zwei Fingern um im Dunkeln den Eingang zu finden. Dann formte meinen Finger eine kleine Faust, den Zeigefinger geknickt drückte ich etwas fester. Links und rechts von ihm glitt dieses Fleisch vorbei, was Männer um den Verstand bringt, wenn ihre Eichel daran reibt. Nun ich bin kein Mann, dennoch fand ich es wieder unbeschreiblich schön in sie einzudringen. Der Engpass nahm meine ganze Aufmerksamkeit in Anspruch. Als unendlich viel an meinen Fingern und Daumen vorbeigeglitten war, ich genoss jeden Millimeter, wurde der enge Tunnel wieder weiter, der Druck auf mein Handgelenk ließ nach. Ich war drin. Ellen stöhnte nun hemmungslos, sie wusste der Lärm des Zuges würde nichts verraten. Toll wie sie mir half, nahezu ohne sich zu bewegen. Sie gehörte zu den wenigen Frauen, die ihre Mösenmuskeln in geradezu artistischer weise bewegen und kontrollieren konnte. Sie hatte scheinbar viel Zeit in ihrem Leben dafür aufgewendet. Ich nahm mir vor, noch mehr von ihr zu lernen. Aber jetzt waren diese Gedanken fehl am Platze. Ich stand also vor ihr, sie lag wie ein Maikäfer auf dem Rücken und ich hatte meine rechte Faust tief in sie versenkt. Mit der anderen Hand spielte ich an ihren großen Brustwarzen. Sie hatte die Beine noch weiter zurückgenommen, so dass ihre großen Brüste dazwischen lagen. Es stimulierte mich ungemein eine Frau in allerhöchster Bereitschaft zu sehen befriedigt zu werden. Ich drehte also die Faust, schob sie vor und zurück und kniff fest abwechselnd in die linke und rechte Brustwarze. Sie quittierte dies jedes Mal mit einem leicht verhaltenen Lustschrei, der mir durch und durch ging. Mein Mund war noch frei, auch wenn mir meine Hand wenig Raum ließ, leckte ich so gut es ging ihren Kitzler. Dies war das einzige normale Körperteil. So klein wie meiner, dennoch hatte er keine Chance sich zu verstecken. Sie begann fast zu winseln, ihr Körper bäumte sich auf. Ich drückte sie an ihrem Kitzler wieder runter. Sie wusste, sie hatte so oft Regie geführt auf dieser wunderbaren Reise in die Toscana. Nun hatte ich sie im wahrsten Sinne in der Hand. Ein Seufzer verließ ihr Innerstes. Es war soweit, ich machte mich bereit. Sollte ich vorzeitig die Hand herausziehen, um ihr zuvorzukommen? Nein, irgendwie war es wohl das urtümlichste aller Regungen, von einer niedersausenden Gebärmutter herausgeworfen zu werden. Mit unüberhörbarem lautem Schmatzen wurde ich hinausgeworfen. Ich legte meinen Mund auf ihre Möse um den Kontakt aufrecht zu erhalten, diesmal ohne zu lecken. Ich spürte, wie alles in ihr zuckte und sich bewegte. Einfach himmlisch, ... mein Werk. Sie drehte sich zur Seite, ich musste mich schnell zurückziehen, sonst hätte sie mich mit ihren Oberschenkeln in den Schwitzkasten genommen. Sie blieb in gekrümmter Haltung ganz still liegen, beide Hände auf ihre Möse gepresst. Ich hatte Ellen geschafft. Ich war richtig stolz auf mich. Nach einer Weile kam Ellen wieder vom Bett herunter. Diesmal war sie froh, dass ich ein wenig half. Sie sagte:

„Komm," und ließ sich ins untere Bett fallen. Ich kroch zu ihr, kuschelte mich zwischen Oberschenkel und ihren Busen. Sie legte ihren Arm um mich und schlief direkt ein. Mir machte es nichts aus, bei dieser Runde nicht bedient worden zu sein.

Geben ist seliger als nehmen.

Am Morgen rollten wir in den heimatlichen Bahnhof ein. Mein Mann und die Kinder begrüßten uns auf dem Bahnsteig. Mein Mann würde seine Großzügigkeit nicht bereuen. Ich hatte mir schon etwas ausgedacht. Doch das gehört in den privaten Bereich der Familie. Die Familie halte ich hier heraus. Es muss auch Grenzen geben. Ich freute mich nach diesen wunderschönen Tagen mit Ellen wieder zu Hause zu sein. Jeden Tag Ellen, das ist selbst mir zu viel. Der Alltag hatte mich wieder, mein Mann wunderte sich nur ein wenig, dass ich nach soviel Erholung, so müde sein könne. Ich sagte nur, ich hätte im Zug nicht so gut schlafen können, es war schon etwas wahres dran. Es lag nur nicht an den Gleisen. Warum sollte ich ihn damit belasten?

Gartencenter (Ortsbeschreibung)

Ich war gerne an der frischen Luft. Beim Sport, wandern oder auch nur zu Hause. Gartenarbeit gehörte auch dazu. Unser Garten begann an der Terrasse mit Blumenbeeten, ein großer Rasen zwischen Haus und Gartenhaus und ein Teich vervollständigten den Garten, den ich überwiegend alleine pflegte. Hinter dem Gartenhaus ein kleiner Kräuter und Gemüsegarten, sowie ein kleines Glashaus bis zu unserem netten Nachbarn, Egon. Von ihm trennte uns nur ein mit Efeu bewachsener Maschendrahtzaun .. Bei der Anlage des Gartens hatte ich den Wunsch geäußert, das Gartenhaus an den Rand zu setzen und damit an den außen entlang laufen Fußweg. Um den Vorteil voll zur Geltung zu bringen, gab es zum Weg hin eine solide Türe, so dass auch über diese Türe der Zugang zu unserem Garten möglich war. Das Gartenhaus selber besaß ein Fenster mit Blick zum Haus und nach hinten zum Gemüsegarten.

Gustave

Da ich die Pflege des Gartens zu meinen Aufgaben zählte, gehörten regelmäßige Besuche in Gärtnereien und Gartencenter dazu. Ich kaufte dort Pflanzen, Erde und Geräte aller Art. Mittlerweile hatte ich eine schon fast auffällige Sammlung von Pflanzhölzern oder ähnlichem. Der Kauf eines neuen entpuppte sich jedes Mal als ein erstaunlich intensives sexuelles Erlebnis. Ich ertappte mich dabei, wie ich wieder einmal meine Finger über den Griff gleiten ließ und mir seine Wirkung an bestimmter Stelle ausmalte. Einmal erschrak ich, als mich ein junger Mann im Center ansprach und fragte, ob er mir helfen könne. Ich weiß nicht wie lange ich da gestanden habe, lange genug jedenfalls, um meinen Schritt schon zu aktivieren. Schon lange suchte ich eine besondere Griffform; möglichst in Edelstahl, leider bisher vergebens. Entweder stimmte die Form nicht oder scharfe Ecken und Kanten ließen mich wieder Abstand nehmen. Ich zuckte zusammen, sollte mein Wunsch heute in Erfüllung gehen? Eine ganze Kiste voll mit ihnen stand auf dem Boden. Ich griff hinein, suchte mir den schönsten aus. Einer schöner wie der andere. In meiner Erregung war ich fast gewillt zwei davon zu kaufen. Nur war das zu Hause kaum zu begründen. Ich nahm also schweren Herzens nur einen mit zur Kasse, griff wahllos ein paar Pflanzen, damit das Prachtstück nicht alleine in dem riesigen

Einkaufswagen lag. Als die Kassiererin ihn in die Hand nahm um den Preis zu suchen, blitzte seine Kuppel ein paar Mal auf. Meine Erregung wuchs, ich wollte schnell bezahlen und ab nach Hause, vielleicht direkt den Neuerwerb testen. Ich fragte die Kassiererin ungeduldig:

„Stimmt was nicht?"

Sie zeigte auf ihn und sagte: „Da ist kein Preis dran,"

Ich stand wie versteinert, was sollte das, der einzige Artikel in diesem Geschäft den ich dringend brauchte und kein Preis dran. Sie schickte mich zurück, einen anderen holen. Oh je, als ich bei dem Karton ankam und jeden einzeln in die Hand nahm packte mich die Verzweiflung. Ich hätte es direkt merken müssen, die waren alle noch nicht ausgezeichnet worden. Ich suchte also einen Mitarbeiter, damit das schnell geschehen sollte. Nach einer mir endlos scheinenden Zeit kam ein junger Mann mit dem Preisaus-zeichnungsgerät. Er hatte eine neue Rolle geholt. Ich verzichtete darauf ihm mein Problem zu erklären. Er hätte es sicher nicht verstanden. Nun ging alles sehr schnell, ruckzuck pappte das Etikett dran, ich schaute gar nicht auf den Preis, eilte zur Kasse, bezahlte und trat wie nach einem Sieg vor die Türe. Auf der Fahrt nach Hause malte ich mir einige Möglichkeiten aus ihn freudebringend einzusetzen. Zu Hause angekommen bemerkte ich, die Blumen hatte ich vergessen einzupacken, was soll's, das wichtigste hatte ich ja.

Ich gedachte. ihn in ihm angemessener weise anzuwenden. Ich zog mich also für die Gartenarbeit um, oder soll ich sagen aus. Ein paar alte Turnschuhe und ein langes T-Shirt, fertig. So konnte überall Luft dran. Ich ging also ins Gartenhaus, nahm noch ein Paar Knieschoner, Handschuhe und Kleingeräte mit und begab mich in den Gemüsegarten. Ich nahm mir eine Reihe vor. Erst wollte ich meinen Kräutergarten etwas pflegen. Ich fand es schön, wenn dabei der Wind meine Schamhaare bewegte oder die Blättchen Petersilie an meiner Muschi entlang glitten. Das edle neue Pflanzholz aus Edelstahl hatte ich ein Stück vor mir mit der Spitze fest in die Erde gedrückt. Ich arbeitete mich also langsam darauf zu. Vorfreude ist auch ein wunderbares Mittel seine Erregung zu steigern. Nun war er schon unter meinem, T-Shirt verschwunden, ich hatte aber noch keinen Kontakt. Ich wusste, es würde nicht mehr lange dauern. Ich dämpfte meine Arbeitsbewegungen, denn es sollte ja keinen Crash geben, sondern ein Treffen der besonderen Art. Ich schob also blind mit der Muschi tastend mein Becken Zentimeterweise vor und endlich, da war er, hart und glatt. Ich rieb ganz langsam vom Po bis zu meiner empfindlichsten Stelle. Alles war bereit. Ganz langsam rutschte ich auf den Knien bis ich die günstigste Position gefunden hatte. Ich wollte ohne meine Hände den Genuss erleben. Er war ganz kalt und hart, noch recht störrisch. Ich musste ihn erst durch leichte vor- und zurück Bewegungen anfeuchten. Allmählich teilte er meine geschwollenen Schamlippen. Ich ließ ihn nochmals durch meine feuchte Furche gleiten ohne ihm bereits das Eindringen zu erlauben. Ein Windzug blies sanft unter mein T-Shirt. Meine Brustwarzen verhärtete sich. Der Duft meiner Möse vermischte sich mit den Düften meines Kräutergartens. Eine wunderbare Mischung. Ich suchte die Öffnung, die normalerweise so klein ist, dass ein Finger ausreicht, sie zu dehnen. Nun ich hatte mehr vor. Die Form meines kalten Freundes hatte mich schon in Entzücken versetzt. Oben glatt, fast eine Kugel mit beachtlichem

Durchmesser, darunter immer noch dick wie ein Schwanz. Es würde herrlich sein. Ich setzte mich fast entspannt auf meinen kleinen Freund, den eisernen Gustav, wobei ich Gustav in Gedanken eher französisch (Güstawe) aussprach. Der Anfang war wie immer beschwerlich. Erst allmählich bahnte er sich seinen Weg. Lust oder Schmerz, vielleicht bei- des zusammen und immer die Angst, wenn er drin ist, geht er auch problemlos wieder raus. Bei Gustav war ich voller Zuversicht, der Schalthebel meines Golf war da schon riskanter. Gustav ließ nicht locker, er schob unaufhaltsam voran, ich nahm jeden Zentimeter gierig auf. Er füllte mich in einem Maße aus ohne wirklich Schmerz zu verursachen. All meine Aktivitäten ließen Gustav völlig kalt, ein Pimmel ist da schon wärmer. Nun ich hatte mich heute für die harte Tour entschieden. Ohne weitere Gedanken an Gustav's nicht vorhandenen Gefühle zu verschwenden, begann ich meinen Ritt. Ich merkte gar nicht dass ich immer wieder meine Knospen und Muschi streichelte. Mein Körper bebte und meine Möse zuckte, ich konnte nicht anders, ich nahm die Knie vom Boden, hockte nun auf Gustav. Ich gab ihm alles, er stand unerschütterlich. Als mich nach dem zweiten Orgasmus die Ermattung packte, befiel mich erstmals die Angst, wie es wohl aussieht, wenn eine Frau mit Knieschonern und Handschuhen im Gartenbeet hockt. Gut, dass man diesen Teil des Gartens von außen nicht einsehen konnte. Nun war es Zeit zum Ende zu kommen. Ich drückte mit meinen durchtrainierten Scheidenmuskeln Gustav heraus. Mittlerweile hatte er doch eine männliche Eigenschaft bekommen. Der letzte Ritt hatte ihn nicht kalt gelassen. Er ploppte aus mir heraus. Ich blieb zittern über ihm, diesmal tropfte nicht so viel ins Beet wie nach einem männlichen Erguss. Dennoch konnte ich behaupten, meinen Kräutergarten mit Liebe zu pflegen. Allmählich klang die Erregung etwas ab. Ich merkte, wie meine nasse Muschi kalt wurde. Ich nahm mir vor, gleich ein entspannendes Bad zu nehmen. Dann zog ich Gustav aus der Muttererde. Er glänzte feucht. Ich gab ihm unmerklich einen Kuss, er hatte die Generalprobe bestanden. Als ich im Bad war, bemerkte ich, dass mein T-Shirt an bestimmten Stellen ganz schmutzig war. Egal, morgen war ja Waschtag. Nach dem Bad ging ich völlig entspannt zur normalen Hausarbeit über. Die Düfte von Kräutern in meiner Küche ließen mich noch einmal kurz an die Zeit in meinem Lustgarten denken. Nun konnte ich mich befriedigt meinen häusliche Pflichten widmen.

Christian

Mein Mann hatte überraschend einen Geschäftspartner zu uns nach Hause eingeladen. Das war nichts ungewöhnliches. Er kam abends an und wir aßen im Familienkreis. Ich hatte seiner Nationalität wegen ein Schweizer Gericht zubereitet. Nach dem Abendessen saßen wir im Wohnraum nett zusammen und tranken etwas. Herr Mermann zeigte Fotos seiner Familie und gab einige nette Geschichten zum Besten. Alles verlief sehr harmonisch, ganz im Sinne meines Mannes, der am nächsten Tag am Nachmittag Herrn Mermann ein neues Software-produkt vorführen wollte. Christian, der Einfachheit halber nenne ich ihn beim Vornamen konnte großartig erzählen und ich amüsierte mich ebenfalls gut. Als Christian von seinen sportlichen Fähigkeiten erzählte, fühlte sich mein Mann genötigt, unsere Dias vom letzten Skiurlaub in der Schweiz heraus zu suchen. Während der Vorführung merkte ich, dass Christian nicht nur an den Dias interessiert war, obwohl er sehr interessiert schien. Seine Hände suchten auf dem Sofa sitzend Tuchfühlung, ich dachte, sooo nicht. Ich legte seine Hand auf seine Knie zurück und dachte an den netten Skiurlaub. Nicht alle schönen Augenblicke waren auf den Dias eingefangen. Gut so. Ich war froh als das Licht wieder anging. Noch ein Absacker und alle konnten zu Bett gehen. Christian schlief im Erdgeschoss im Gästezimmer. Mein Mann trug mir auf, ihn am nächsten Vormittag zu beschäftigen, da er noch einiges vor der Präsentation zu erledigen hatte. Er fuhr am nächsten morgen schon früh zur Firma. Ich ließ Christian lange schlafen, dann frühstückten wir gemütlich. Auch morgens war er ein charmanter Erzähler. Wir planten eine kleine Siteseeing-Tour durch unsere Stadt. Doch dazu sollte es erst später kommen. Nun übernahm ich die Regie. Ich gab vor, mich etwas zurecht machen zu müssen, bevor wir ausgingen. Damit er sich nicht so langweilte gab ich ihm eine Aufgabe. Seit Wochen hätten alle in der Familie den Wunsch, eine eigene E-Mail Adresse zu haben, aber mein Mann käme einfach nicht dazu. Christian sagte, er wolle sehen was er machen könne. Ich führte ihn ins Arbeitszimmer an den PC und verschwand. Im Bad cremte ich mich von Kopf bis Fuß ein. Ich sparte nicht an teuren Tröpfchen, auch an Stellen, die nicht direkt bemerkt werden. Danach zog ich einen seidenen Kimono an und ging mit einer Schale voll Trauben zu ihm. Ich setzte mich interessiert neben ihn auf eine Couch und aß nebenbei einige Trauben. Er schaute abwechselnd zu mir; auf den Bildschirm und wieder zu mir. Ich ließ eine

Traube fallen, bückte mich um sie aufzuheben. Wenn er jetzt schaute, würde er einen ersten tiefen Einblick bekommen. Ich setzte mich unschuldig wieder auf und nahm meine Beine seitlich aufs Sofa. Mein Kimono war sehr kurz und nur lose geschnürt. Er klaffte also genau dort auf, wo ich es haben wollte. Wenn er jetzt vom Bildschirm zu mir schauen würde, musste er es entdecken. Ich kramte in der Schüssel und plauderte, damit er sich unbemerkt von meiner prächtigen Muschi ein Bild machen könnte. Ich sah, wie er stockte. Er hatte bemerkt, dass er kein schwarzes Höschen gesehen hatte, sondern einen ausgewachsenen Bären. Was sollte er tun, eine Bemerkung über meine Muschi kam nicht in Frage, die Gefahr diese Aussicht zu verlieren war zu groß. Sich auf mich stürzen, nach meiner Reaktion am Abend; ich merkte wie es in ihm arbeitete. Ich erleichterte ihm die Entscheidung, indem ich die Obstschale wegstellte, eine Traubendolde zwischen meine Oberschenkel legte und unschuldig fragte, ob er keine Trauben möge. Ich beobachtete, wie er einen Augenblick stutzte, dann stand er auf, kam zu mir und griff, kaum zu glauben an den Trauben vorbei an die Innenseite meiner Schenkel. Als er meine zarte Haut spürte, wurden seine Knie weich; etwas anderes dafür umso härter. Er nahm zärtlich meinen Kopf und küsste mich leidenschaftlich. Seine Hand hatte inzwischen meine Muschi erreicht. Seine Zunge bewegte sich nicht mehr. Meine Muschi war bereits feucht und fühlte sich wie immer toll an.Er teilte meinen Kimono und seine Lippen kümmerten sich fast zu leidenschaftlich um meine kleinen Knospen. Ich bevorzuge sonst eine allmähliche Steigerung. Er entpuppte sich als ein sehr stürmischer Liebhaber. Während er sich um mich kümmerte, die Trauben hatte er geschickt zur Seite gelegt, hatten meine Hände ein lohnendes Ziel gefunden. Christian war vorher bereits vollständig angezogen gewesen. Ich dachte, bei der Präsentation sollte er wieder tadellos aussehen. Also half ich ihm aus seinen Sachen, die Präsentation bei mir ging ohne. Auch ohne Hose machte Christian eine gute Figur. Seine Erzählungen von sportlichen Aktivitäten konnte ich nun direkt überprüfen. Alles an ihm war fest. (wabbelndes Fleisch kann ich nicht ausstehen) Ich griff, wie ich es häufiger machte, zuerst an seinen Sack, kraulte seine Eier und kam aus dem Staunen nicht heraus. Sein ständiger Begleiter zollte mir den nötigen Respekt. Er stand, leicht gekrümmt, aber hart. Ich ließ ganz langsam meinen Mund über seine Vorhaut gleiten und hatte das Ziel, sie mit der Zunge von der Eichel zu schieben. Er stöhnte laut auf. Alles war unter Kontrolle. Nun drückte ich ihn sanft aufs Sofa. Er lag lang ausgestreckt da. Sein strammer Pimmel bildete den höchsten Körperteil. Bevor ich ihm gestattete mich zu f.. .. , sollte er noch schärfer werden, wozu kannte ich denn sonst die vielen Tricks. Ich saß auf seiner Brust und er konnte mich von unten bewundern. Meine kleinen Titten wirkten aus dieser Perspektive etwas größer, ich hatte es mit dem Handspiegel einmal ausprobiert. Er knetete meine Nippel, vielleicht etwas zu fest. Jetzt rückte ich weiter vor. Ich setzte mich mit meiner Muschi voll auf seinen Mund. Von nun an stand seine Zunge nicht mehr still. Er hatte eine lange und kräftige Zunge, so dass er nicht nur vorne leckte. Er schien alles um sich herum zu vergessen, kein Wunder außer mir konnte er auch nichts sehen, wenn er ab und zu die Augen öffnete. Hinterrücks streichelte ich seinen Schwanz, natürlich ohne zu übertreiben. Ich wollte nur das

Niveau halten. Welches eigentlich? Nach einer Weile, mein erster Orgasmus kündigte sich an, erhob ich mich, sein Gesicht glänzte von meinem geilen Saft, setzte ich mich langsam auf seinen Riemen (ich glaube Männer nennen ihn manchmal so, ich weiß auch nicht warum und möchte auch nicht fragen.) Er fühlte sich toll an, seine Krümmung gab dem Ritt nur eine andere Richtung. Er hatte die Augen geschlossen, wenn er jetzt an etwas dachte, dann nur noch ans Abspritzen. Ich machte manchmal eine Pause, für ihn muss es unendlich lange gedauert haben, bis ich ihm erlaubte zu spritzen. Mehrere Wellen durchliefen dabei seinen Körper. Erst schaute er leicht gequält. Dann öffnete er die Augen und schaute mich fast verliebt an. Sein Schwanz war immer noch in mir, fiel aber merklich in sich zusammen. Mit einem Seufzen verabschiedete es sich aus meiner Muschi. Ich hatte nicht nur an ihn gedacht. Mein Orgasmus schüttelte mich mehrmals durch. Ich wollte es mir jedoch nicht anmerken lassen, nachher bildet er sich noch etwas ein. Ich verabschiedete mich wieder ins Bad. Dabei hörte ich Christian ebenfalls im Gästezimmer. Ich stellte mir vor, wie er seinen Schwanz wieder von meinem Saft befreit. Eine Arbeit, die ich sonst gerne selber übernehme. Wir machten einen etwas verkürzten Ausflug in die Stadt. Nachmittags brachte ich Christian zur Präsentation. Mein Mann war immer noch nervös wegen der gerade beseitigten Fehler. Ich war völlig entspannt, hatte ja auch einen stressfreien Vormittag gehabt. Für den Abend reservierte ich vorsorglich einen Tisch für vier Personen. Als mein Mann und Herr Mermann aus der Firma kamen, waren alle gut gelaunt. Er hatte unterschrieben, d.h. gekauft, das musste gefeiert werden. Christian hatte sich sehr großzügig gezeigt, vielleicht hatte auch ich einen kleinen Anteil an diesem geschäftlichen Erfolg. Im Restaurant mit ausgefallenem Ambiente saß Christian neben Mira, sie hatte sich kurzfristig als Tischdame geopfert. Ich hatte ihr nichts von mir und Christian erzählt. Mit ihrer Geschicklichkeit würde sie doch noch etwas aus ihm herausholen. Ich nahm mir vor, sie am nächsten Tag zu fragen. Wir hatten nichts geplant, dennoch entführte Mira ihn noch in eine nette Bar. Ich fragte mich noch, ob sie wohl da ankommen würden. Mira verschwendete ungern Zeit. Am nächsten Morgen, Christian hatte von uns eine Haustürschlüssel erhalten, erkannte ich Christian kaum wieder. Er war blass, nicht sehr gesprächig. Ich tat mein bestes, ihn reisefertig zu machen.

Zuerst ein kerniges Frühstück mit starkem Kaffee und danach ging' s auch schon zum Bahnhof. Im Zug würde er viel Zeit haben sich zu regenerieren.

Mira musste gnadenlos zu ihm gewesen sein.

Body Karin

Als ich das nächste mal im Wäschegeschäft einkaufen ging, fand ich leider vor dem Schaufenster kein Objekt meiner Begierde. Mira hatte eine Tagung, ich wusste schon, was das bedeutete. Und ich? Ich war ein wenig sauer, niemand da, mit dem ich meine aufsteigende Unruhe bekämpfen konnte. Vielleicht fand ich wenigstens ein schönes Stück Wäsche, um meine Laune etwas zu verbessern, evtl. sogar eine Solo-Runde einzuleiten. Ich nahm im Geschäft mehrere BH's und Höschen, zwei Bodies in verschiedenen Farben mit. Manchmal fand ich es schön, mich im Spiegel zu betrachten. Ich hatte, leider als einzige, Zeit. Ich zog erst mal einen BH, der meine kleinen Brüste anheben sollte an. Den würde

ich zu Hause kaum tragen, er war im oberen Bereich frei und ließ meine Nippel keck in die Luft stehen. Ich streichelte sie kurz, sie hatten es verdient. Da schlug ganz überraschend eine Verkäuferin den Vorhang zurück, ich erschrak. Sie sah mich nur in diesem besonderen BH stehen, zum Höschen war ich noch nicht gekommen. Sie sagte sehr freundlich: „Das steht ihnen aber gut." Ich wusste nicht genau, was sie meinte. Sie lächelte und verschwand. Einige Augenblicke später kam sie wieder. „ Hier sind noch einige besondere Ausführungen." Mit geschultem Blick hatte sie genau meine Größe herausgefischt. Von nun an begutachtete sie alles persönlich und ihre Kommentare trafen auch meinen Geschmack. Nachdem wir Ausführungen, die mehr auspackten, denn verhüllten, ausprobiert hatten, gab sie mir einen Body, schlicht, nahezu ohne Spitze. Ich wusste diese Dinger können ganz schön teuer sein. Ich fragte sie nach ihrem Namen. Sie stellte sich als Karin vor, sie sei die Juniorchefin. Da ich sie bisher nie gesehen hatte, wunderte ich mich ein wenig. Ich fragte sie danach. Sie sagte, sie hätten noch ein Geschäft in der Nachbarstadt, da wäre ihr Stammhaus. Sie war sehr kompetent, sehr freundlich und ohne Zweifel sehr hübsch. Sie konnte alles tragen, ihre Augen hatten eine besonders intensive Ausstrahlung. Ich schätzte sie auf ca. 30 Jahre. Sie war sehr sympathisch. Präsent ohne aufdringlich zu sein, so wie ich es mag. Ich zog also ihrem Rat folgend den Body an. Sie schaute wieder herein und fragte: „Darf ich mal?"
Ich nickte, sie rückte den Body erst am Rücken etwas zurecht, dann fuhren ihre Finger unter die Ränder, die meinen Po bedeckten. Ich war wie elektrisiert. Was kam jetzt? Sie bat mich, mich zu drehen und mein Hinterteil im Spiegel zu begutachten. Nun es saß alles

ganz prima. Bei meiner zierlichen Figur auch kein Wunder, da spürte ich ihre Hände über meinem Bauch seitlich nach oben fahren. Der Body, ohne Spitze, die Spitzen lieferte ich selber. Also ihre Hände glitten zügig nach oben, so als müssten sie eine Falte glätten, es war aber keine da. Ihre Daumen trafen fast beiläufig beide Nippel gleichzeitig. Sie sagte „Toll!" Wieder ließ sie mich im unklaren, ob sie mich oder die Passform meinte. Ihre Hände richteten die Träger. Vorher war alles genauso. Dann bückte sie sich.

„Mal sehen, ob hier Falten sind."

Ehe ich mich versah, fuhren ihre Finger von den Seiten kommend unter den Gummizug und zogen den Stoff unmerklich zur Mitte. Ihre Finger hatten die Schamhaarregion erreicht. Ich war gespannt, ob sie hier abbrechen würde. Statt dessen fuhren ihre Fingernägel ohne jede Unterbrechung, ich denke nur, das sie langsamer wurden, weiter nach unten fort. Als ihre gepflegten Nägel über meinen Venushügel strichen hatte sie gewonnen. Ich wollte nicht mehr, dass sie hier abbrach. Ihr das zu sagen, wäre völlig verkehrt gewesen. Vielleicht wäre sie empört weggelaufen. Ich blieb also ganz ruhig stehen. Ihre Fingernägel glitten wie ein Schlitten über alle kleinen Hindernisse. Jetzt mussten ihre Finger sich berühren. Meine Schamlippen warteten auf den ersten Kontakt. Es kribbelte gewaltig. Sie hatte den Stoff weggezogen, so dass ich ihr Finger kaum spürte. Sie kam beim Verschluss an und zog ihre Finger zurück.

„Oh Pardon, jetzt ist ein Haken rausgerutscht."

Von wegen, dachte ich. Nur wie hatte sie das geschafft, sie war unendlich geschickt.

„Darf ich?"

ihr Hände griffen in die Luft. Ich nickte nur: Noch nie hatte mich eine Frau so schnell mit so wenig

Berührung zum Kochen gebracht. Sie wusste es nur noch nicht. Sie nahm den gleichen Weg, diesmal mit etwas mehr Druck. Ich hätte schreien mögen. Pack zu, du gemeines Luder. Statt dessen stand ich ganz ruhig da, ich bemerkte wie meine Füße unwillkürlich etwas nach außen gingen. Sie begann also den Verschluss zu schließen. Ihre Finger kneteten natürlich dabei meine Lippen. Sie kam scheinbar nicht sofort zurecht. Es erfolgten mehrere Anläufe. Nun musste sie doch merken, das meine Oberschenkel vor Erregung bebten. Sie kümmerte sich weiter um den Verschluss.

„Oh" sagte sie „Jetzt ist noch was aufgegangen."

Ihre Aktivitäten wurden direkter. Ihr Daumen fuhr von außen über den Stoff über meine empfindliche Stelle. Ich konnte mich nicht beherrschen, ich zuckte zurück und schob umgehend mein Becken noch mehr nach vorne. Sie hatte es geschafft. Der Verschluss war ganz offen, der vordere Teil sprang bis zum Bauch hinauf, der Rest flitzte durch meinen Schritt nach hinten. Der Body hatte seine Passform verloren. Ich mcine auch. Ich stand da, hielt einer Verkäuferin, die ich heute zum ersten mal gesehen hatte meine üppig behaarte Muschi in Augenhöhe entgegen. Sie lachte und sagte: „Soll ich mal danach sehen?"

So viel Scheinheiligkeit machte mich sprachlos. Ich blieb ganz ruhig stehen und ließ sie machen. Statt in weitem Bogen unter mir durchzugreifen und das hintere Ende des Body zu fangen, strichen ihre nach oben gebogenen Finger von vorne kommend mit ständigem Hautkontakt unter mir her. Sie hatte ihre Finger zu sich hin geneigt, so dass auch hier wieder ihre Fingernägel ohne Widerstand durch meine Furchen zogen. Jetzt war sie schon an meinem kleinen Po-Loch. Meine Knie schienen weich zu werden, jedenfalls machten sie ihrer Hand mehr Platz. „Das haben wir gleich!"

sagte Karin. Ich hatte ein Gefühl wie ein Kaninchen vor der Schlange, alles vorauszuahnen und dennoch nicht weglaufen zu können. Ihre rechte Hand in meinem Schritt, fuhr ihre Linke zu meinen Nippeln, diesmal unter dem Body, der nur noch um mich herumhing. Karin bemerkte wie ich ihr ausgeliefert war. Ihr Daumen fuhr abwechselnd zwischen meine Lippen und meinen Kitzler. Ich hatte das Gefühl, ihre Finger seien überall. Ihre Hände drehten mich ganz sachte herum. Sie begann meinen Po mit ihrer Zunge zu liebkosen. Ich beugte mich unwillkürlich vor, meine Arme stützten sich auf den Hocker. Nun konnten ihre Finger meine Muschi noch intensiver streicheln. Sie war bisher nur bis zum Eingang vorgedrungen dennoch empfand ich ihre Zärtlichkeiten als besonders aufpeitschend. Wieso hatte sie es geschafft ohne viele Umstände mir so nahe zu sein?

Ich bin nicht lesbisch. Aber meinem geliebtem Mann ständig fremd gehen, war auch nicht die Lösung, obwohl ich an einem saftigen Schwanz wenig auszusetzen hatte. Mit einer Frau sexuelle Fantasien auszuleben schien mir das kleinere Übel. Zudem gibt es hierbei von Seiten der Männer trotz vieler Möglichkeiten nahezu kein Misstrauen. Ich versuchte also Kontakte zu pflegen, ohne irgendeine dauerhafte Emotion. Sex mit Mann oder Frau, ja, aber ohne Gefährdung meiner häuslichen Beziehung. Neben seiner anspruchsvollen Arbeit konnte ich meinen Mann zwar verwöhnen, jedoch nicht mit der vollen Wucht meiner sexuellen Fantasien und Bedürfnisse belasten. Ich hatte mir einige Ventile zugelegt. Karin war mehr als ein Ventil, sie leckte meine Muschi und meinen Po mitsamt dem kleinen Loch, so dass ich beschämt feststellte, sie war einfach unglaublich gut. Ohne heftiges Eindringen schaffte sie es mich zum Höhepunkt zu bringen. Ich hockte erschöpft da. Sie lächelte mich an, keine Spur von Siegerpose, nur Geben. Ich nahm ihre Hand und leckte sie von meinem Mösensaft sauber, wie ein Hündchen. Ich bemerkte, es gefiel ihr. Sie sagte, sie müsse sich kurz ums Geschäft kümmern und verschwand. Ich zog den Body aus und meine eignen Sachen wieder an. Ich war unfähig zu entscheiden, was ich kaufen sollte. Ich entschied, nichts zu kaufen, trotz des tollen Erlebnisses. Karin kam wieder, ich reichte ihr alle hübschen Dessous wieder heraus. Dann ging ich zu ihr, sie drückte mir ein kleines Paket in die Hand und sagte: „Vom Haus!"

Ich war ein wenig verdattert. Sie fragte, ob ich nicht Lust hätte zu einer ihrer Dessousshows zu kommen, als Kundin, aber noch lieber als Modell. Ich könne dann mit Ware oder erheblichen Preisnachlässen auf alles rechnen. Meine Größe fehle ihr in der Kollektion. Ich wusste nicht, ob sie meine Konfektion oder ihren Freundeskreis meinte. Ich erkundigte mich nach der Art der Show. Sie sagte, es gebe zwei Arten, manchmal im Geschäft oder bei ihr zu Hause. Immer wenn ihr Mann auf Geschäftsreise sei, neue Ware in den Messestädten einzukaufen, mache sie nur für Frauen schöne Einkaufsparties. Hierzu stünde ein besonderer Raum mit Lager zur Verfügung. Sie lud mich ein, sie zu Hause zu besuchen und mir alles vorher zu zeigen Die Vorstellung mich vor anderen zu zeigen reizte mich sehr. Aber nicht hier im Geschäft, wo jeder, Nachbar, Eltern oder Kunden meines Mannes zuschauen, nein lieber im kleinen Kreis. Ich beschloss also, sie zu

Hause zu besuchen. Ich gab ihr meine Telefonnummer. Wenn eine Geschäftsfrau eine Kundin anruft, für Männer kein Problem. Etwas verwirrt verließ ich mit dem kleinen Paket das Geschäft. Erstmals hatte ich Sex, ohne Einfluss auf die Regie zu haben. Ging es mit mir bergab, war ich für jeden oder jede zu haben? Nein, Karin war nicht jede. Ich nahm mir vor, mehr über sie zu erfahren. Sie hatte nahezu nichts von sich privat preisgegeben. Ich wollte mehr über sie erfahren.

Zu Hause wickelte ich das Päckchen aus. Sie hatte mir den Body mit einer Parfüm probe eingepackt, sogar eine bezahlte Rechnung lag dabei. Der Preis lag weit unter dem ausgezeichneten Ladenpreis. Sie wollte, dass ich ihn zu Hause trage und meinem Mann von einem Schnäppchen berichten konnte. Nur das Wort Sonderangebot traf wohl in keiner weise auf das zu, was mir heute passiert war.

Wintersaison

Draußen wurde es mit jedem Tag früher dunkel, das Laub fiel von den Bäumen. Ich hatte einiges zu tun, unseren Garten für den Winter vorzubereiten. Diese Arbeiten mache ich sehr gerne. An einem dieser verregneten Novembertage beschlossen Mira und ich unsere persönliche Saunasaison zu eröffnen. Wir fuhren mit allerlei Utensilien, Cremes etc. in eine große Saunaanlage, die wir vom letzten Jahr kannten. Sie hatte uns damals gut gefallen. Wenig Trubel, wir hofften uns auch heute wieder schön entspannen zu können. Diese Sauna hatte den Vorzug viele Saunakabinen zu haben, so dass wir je nach Lust und Laune die verschiedenen Themensaunen aufsuchen konnten. Eine Kabine gehörte zu meinen Favoriten.

Die Sauna mit dem Salzaufguss. Erst schwitzen, dann konnten wir uns gegenseitig mit Salz einreiben. Mira und ich waren ein eingespieltes Team. Immer wieder versuchten uns nette Herren bei dieser Tätigkeit zu unterstützen. Wir blieben lieber unter uns. Nach dem Abduschen, die Haut war so rein wie nach einem Peeling, ließen wir es uns im Restaurant mit kleinen Happen und natürlichen Drinks gut gehen. Wir sprachen über alles, was Mira oder ich in der Woche erlebt hatten. Mira gewann naturgemäß, als Maklerin traf sie immer wieder neue Leute. Darunter waren natürlich auch Männer. Sie kam ganz schön in Fahrt, als sie mir auf dem Tischtuch mit der Griffseite des Messers die Besonderheiten eines Herren aufmalte. Die Erinnerung war so stark, das sie fast den Rotwein dabei umgeschüttet hätte. Hier wäre es ja egal. Meine Woche hatte wenig Höhepunkte verzeichnet. Ich war halt Zuhörerin und versuchte möglichst viele Einzelheiten herauszubekommen. Mira war nicht kleinlich, sie erzählte so realistisch, dass meine Hand mehrmals in den Bademantel rutschte und versucht war meine Muschi zu streicheln. Auch wenn wir hier in einer Sauna waren, konnte ich mich nicht so gehen lassen, dennoch spürte ich diese angenehmen Regungen. Nun die Woche war noch nicht zu Ende, wer konnte schon wissen, was noch kommt. Etwas heiß geredet verließen wir das Restaurant. Einige Männerblicke verfolgten uns. Ich hatte niemanden gesehen, der mein Interesse besonders geweckt hätte. Nun sollte der letzte Saunagang folgen und schließlich endlos eincremen. Mira mich und ich meine Freundin Mira. Es hatte mir jedes Mal Freude gemacht, sie wie meinen eigenen Körper einzucremen. Ein Saunagast folgte uns. Er hatte hinter mir gesessen, so dass ich ihn nicht wahrgenommen hatte. Mira wollte ihn nicht wahrnehmen. Nun war es doch passiert, einer ihrer Stammkunden hatte sie entdeckt. Mitte 50, kleiner Bauch, der Rest steckte noch im Bademantel. Er belegte Mira sofort mit Beschlag. Mira zuckte mit den Schultern. Geschäft ist Geschäft. Sie würde mit ihm in eine dunkle Saunaecke gehen, damit er sich an ihren tollen Titten sattsehen könnte. Mira konnte Männer hochbringen, ohne sie auch nur scharf anzusehen. Nun, meine Stimmung war ein wenig abgekühlt. Ich sagte Mira, ich ginge schon mal vor. Dann überlegte ich, Zeitschriften lesen konnte ich auch zu Hause, zurück ins Restaurant, nein, alleine schwitzen, ohne mit Mira lästern zu können, alles nicht sehr attraktiv. Mir all die Kerle vom Hals halten, zu viel Aktion. Da fiel mir der Whirlpool ein. Da könnte ich einfach so meinen Gedanken nachhängen. Also ging ich in die erste Etage, stieg in den Whirlpool und schaute von oben durch die Fenster auf die anderen Badegäste, ein nettes Fleckchen. Nur meine Größe machte mir auch heute wieder ein wenig zu schaffen. Die Wellen schlugen so hoch, das ich mich entschloss auf dem Sitz zu hocken. Bei so viel blubberndem heißem Wasser hing ich so meinem letzten kleinen Abenteuer nach. Neben mir im Pool saß ein Ehepaar mittleren Alters, die sich über die Probleme ihre Einlieger-wohnung zu vermieten unterhielten. Noch eine Frau neben ihnen. Sie schien auch keine Lust zu haben gegen die Wellen zu schreien. Da trat ein Mann Mitte 30 an den Whirlpool. Er hing schwungvoll sein Saunatuch auf, um sich dann umzusehen, wo noch ein Platz für ihn sei, er ließ sich Zeit. Sein Bauch war noch recht flach, dennoch nicht machomäßig. Seine Eier baumelten locker zwischen den Beinen, kein Wunder bei der Raumtemperatur. Seine Eichel war unbedeckt und sein Schwanz auch im zusammengefalteten Zustand nett anzusehen. Er schien nichts dagegen zu haben Schauobjekt zu sein, dennoch war es kein primitives - schaut her -, hier komm ich. Er setzte sich neben die Frau mir gegenüber und schwieg. Ich schaute einmal in sein Gesicht und fand es irgendwie ansprechend. Plötzlich, die Unterhaltung des Ehepaares ging immer noch über Zinsen und Macken von Mietern, berührte ein Fuß aus dem Nichts kommend meinen Fuß. Ich schaute hinüber, der Fuß konnte nur von ihm kommen. Er schaute sehr erstaunt. Ihm war gerade klargeworden das ich nicht saß, sondern auf meinen Füßen hockte. Ich lächelte und genoss seine Überraschung. Sein Fuß wanderte entlang der Waden, berührte aber auf Grund meiner besonderen Körperhaltung auch sehr bald meine Oberschenkel. Seine Füße ließen sich Zeit. Ich hatte ein wenig Sorge, irgendwann geht der Whirlpool aus. Die Blasen verschwinden und jedermann kann seinen Fuß zwischen meinen Schenkeln sehen. Er schien meine Gedanken zu lesen, jedenfalls streckte er seinen rechten Arm hinter der Frau an seiner Seite aus, so dass sie nahe am Schalter zu liegen kam. Ich war beruhigt. Sein Fuß strich unter meinem Po durch, meine Bäckchen waren entzückt. Ein wenig frech der Kerl, er zog seinen dicken Zeh von hinten durch meinen Schritt und blieb tatsächlich an meinem kleinen Loch hängen. Ich verzog kurz mein Gesicht. Er reagierte sofort und gab seinem dicken Zeh neue Kommandos. Jetzt kam seine Fußsohle und streichelte meinen Busch. Jetzt hatte er es geschafft, sein Zeh schien sich noch mehr zu strecken. Er war in den vorderen Teil meiner Muschi vorgedrungen. Sehr gepflegte Füße. Ich begann ihn nach unten zu drücken. Seine Verse lag nun bequem auf dem Sitz und ich saß auf seinem dicken Zeh. Ich begann meine Muschi an ihm zu reiben. Er hielt still, ohne seinen Zehen zu bewegen. Guter Junge. Ich spürte seinen Zeh auch vorne, unwillkürlich senkte ich meinen Kopf, wohl damit niemand merkte, wie ich die Augen schloss. Meine Muschi war nicht in der Lage mehr aufzunehmen, immer nur seinen großen Zeh, ich dachte an seine blanke Eichel, und ob sein Schwanz wohl schon stand. Ich konnte nichts sehen, noch viel weniger konnte ich dorthin langen. Meine Arme brauchte ich schließlich um nicht umzufallen oder so tief zu rutschen, dass es für mich schmerzhaft werden könnte. Ein schönes Gefühl. Da hörte das Blubbern auf. Jetzt würden allen seinen Fuß an dieser ungewöhnlichen Stelle sehen. Sollte ich herunterspringen, ihm eine knallen, „Unverschämter Kerl" schreien. Wie kam ich bloß aus dieser Situation heraus? Die Blasen begannen aufs Neue. Ich war gerettet, wie lange noch. Eine kleine Weile danach zog er seinen kleinen Helfer ganz sachte zurück. Er schaute mich kurz, aber sehr verlangend an. Dann schaute er aus dem Fenster, wohl um seinem Schwanz Gelegenheit zu geben, wieder abzuschwellen. Eine Minute später stieg er elegant sein Gehänge vor den übrigen verbergend aus dem Wasser. Es zeigte mir Zeichen der Erregung. Er war zwar weich, hing herunter, aber doch noch etwas schwerer als vorher. Er wand das Saunatuch um die Hüfte, ohne sich abzutrocknen und ging. Sollte ich es dabei bewenden lassen oder sollte ich ihm wie eine geile Stute folgen? Ich war noch unentschlossen, dennoch erhob ich mich und griff meinen Bademantel. Er ging langsam, so dass ich sehen konnte, wohin er ging. Er wanderte zielsicher auf das beheizte Außenbecken zu. Man konnte von innen nach draußen schwimmen. Draußen war niemand, der Regen machte es zu ungemütlich. Ich ließ mich nicht abschrecken. Er schwamm quer durch das Becken. Dort befand sich eine überdachte Nische mit Sprudelbänken. Er legte sich darauf und schaute zu mir. Ich schwamm zu ihm, ohne jede Hast. Kerle bilden sich immer so schnell was ein. Als ich bei ihm ankam, legte ich mich neben ihn auf die Sprudelbank. Er lächelte mich an und sagte: „Ich heiße Jens." Ich sagte nichts. Er stieg von der Bank. Die Bank war wie ein Liegestuhl über viele Meter geformt. Er stand zwischen meinen Füßen, sein Oberkörper kam dabei aus dem Wasser. Er stellte sich also zwischen meine Füße, dann nahm er sie und führte sie zwischen seinen Beinen zusammen. Meine Fußsohlen spürten ein warmes und noch recht kleines Schwänzchen. Er schien zuversichtlich, dass sich das gleich ändern würde. Er bewegte sich langsam vor und zurück. Dabei glitt sein Schwanz unter meinen Fußsohlen vorbei. Er ließ meinen Füße los und seine Hände strichen über meine kleinen Brüste. Ich fand er war sehr zärtlich. Kein kneifen, ziehen, kneten. So, wie ich es mag. Seine Finger umkreisten meine Knospen und fuhren dann über beide Knospen. Es tat gut, verwöhnt zu werden. Dann fanden seine Hände meine Muschi. Sein Daumen fand sofort die Stelle, wo kurz zuvor noch sein Zeh gesteckt hatte. Sein Daumen war nicht nur länger, sondern auch viel beweglicher. Ich stöhnte unbeherrscht auf. Er grinste, das war scheinbar auch der Startschuss für sein Ding. Es fühlte sich jedenfalls schon viel härter an. Nun, in meinen Füssen habe ich nicht soviel Gefühl. Ich richtete mich auf, ließ meine Füße zur Seite fallen und kümmerte mich etwas liebevoller um sein gutes Stück, ich wollte fühlen, ob seine Eichel immer noch blank war. Zuerst griff ich aber an seinen Sack und knetete seine Eier intensiv. Er grunzte geil. Dann, ohne jede Pause packte ich seine Eichel, sie war immer noch frei. Am liebsten hätte ich daran gesaugt und einige meiner besten Tricks vorgeführt. Er kam näher beugte sich über mich, ich öffnete die Schenkel, als ob ich dafür bezahlt würde und wollte ihn nur noch haben. Ich schob seine Eichel ohne weitere Mätzchen direkt in meine Muschi. Was er an Gleitflüssigkeit vermissen ließ, hatte ich im Überfluss. Ein, zwei zarte Bewegungen, bei denen ich mir ein sehr gutes Bild von seiner Größe machen konnte, genügten um uns verschmelzen zu lassen. Ich hob meine Beine ein wenig an, er unterstützte mich dabei. Nun war alles bereit. Er stieß zunächst sehr sanft zu, dann, als er merkte dass ich seine Eier unter meinem Po entdeckt hatte, wurde er richtig wild. Ich ließ die Eier nicht mehr los. Er ackerte so heftig, dass ich dachte er würde eine Springflut im Becken produzieren. Das Wasser wurde durch ihn aufgepeitscht. Ich wollte haben, dass er tief in mir kam. Es dauerte eine ganze Weile. Ein toller Hengst. In ausgefahrenem Zustand hatte er eine Länge, die ich mir gerne bei Tageslicht angesehen hätte. Obwohl meine Muschi im Rhythmus klatschte, hätte ich gerne dieses Prachtexemplar von unten bis oben angelutscht. Dann kam er. Ich spürte wie alles an ihm sich verkrampfte, sein Sack spuckte seine geballte Ladung aus. Nach dem fünften Schuss kam er allmählich wieder zu sich. Er ließ sich neben mir auf der Bank nieder und keuchte heftig. Ich griff wieder an seinen Schwanz und streichelte ihn ganz zart, er hatte es verdient. Diesmal hatte ich nur einen schwachen Orgasmus gehabt. Es lag jedoch nicht an ihm. Vielleicht hatte ich mich in dieser Umgebung

nicht genug entspannen können. Dennoch war es schön gewesen. Meine Muschi war auch dankbar. Ich gab ihm einen Kuss und schwamm langsam wieder zurück. Ich dachte, den Kindern verbieten wir ins Wasser zu pinseln und ich ließ eine Samenspur unter mir. Verzeih mir lieber Bademeister. Beim nächsten mal werde ich wieder alles sauber aufsaugen. Dann kommt nichts ins Becken. Welches nächste mal eigentlich? Als ich aus dem Becken kroch, meine Beine waren etwas weich, wer kann es mir verdenken, stand Mira am Beckenrand. „Ich hab dich schon überall gesucht. Das Geschäft ist perfekt. Wir können uns fertigmachen. „Mira, nicht schon wieder. Ich geh nur kurz zur Toilette, dann creme ich dich ein." sagte ich. Als ich sie eincremte, meinte Mira, ich sei irgendwie mit den Gedanken woanders." Wie Recht sie hatte. Auf der Rückfahrt gestand ich ihr mein Abenteuer. Sie lachte nur und sagte:
„Dich kann man keinen Augenblick aus den Augen lassen."

Frühstück

Manchmal verabredeten Mira und ich uns zu einem gepflegten Frühstück in der Stadt. Ich machte mich ein wenig zurecht, dann holte mich Mira mit ihrem roten Flitzer ab. Wir saßen am Fenster und konnten den vorbei eilenden Männern und Frauen zuschauen. Manchmal versuchten wir uns kleine Geschichten zu einzelnen Männern auszudenken. Z. B., der geht jetzt schon einer Dame des horizontalen Gewerbes einen Hausbesuch machen. Nah Pfui, um diese Uhrzeit. Wir hatten leckere Brötchen, allerlei Aufschnitt und einen Kaffee Latte bestellt. Als die Bedienung alles hingestellt hatte, war der Tisch hübsch gedeckt. Ich genoss es immer wieder, nachdem ich meine Familie morgens versorgt hatte, selber an einem gedeckten Tisch zu sitzen. Dieser kleine Luxus musste einfach ab und zu sein. Mira bat mich die Zeitung vom Nebentisch zu holen, sie wolle kurz ihr eigenes Inserat überprüfen. Ich tat ihr diesen Gefallen, ich wusste, sie würde die Zeit mit mir nicht durch Zeitungslesen vergeuden. Ich reichte ihr die Zeitung. Sie schaute hinein und meinte, alles sein o.k. Nah, dann konnte das Frühstück jetzt beginnen. Wir plauderten über das letzte Wochenende, besser Mira sprudelte nur so, ich tröpfelte dagegen. In dieser Disziplin gewann sie nahezu mühelos. Nun was sollte ich einer Single-Frau schon entgegenhalten. Bei mir war alles normal, was das Wochenende anging. Ich ließ sie erzählen, immerhin hatte ich immer meinen Spaß an den vielen kleinen Details, die sie mir schonenderweise vorenthalten wollte. Ich konnte zwar nicht mithalten, was mich nicht daran hinderte meinen Wissensdurst zu stillen.

Mira krümelte so vor sich hin, mir fiel auf, sie hatte die Serviette noch auf dem Tisch liegen lassen. Ich machte sie darauf aufmerksam. Sie griff zur Serviette, nahm sie und ich glaubte meinen Augen nicht zu trauen, ein stattlicher Penis fiel aus ihrer Serviette heraus. Sie genoss mein Entsetzen. Hier in einem renommierten Café, direkt an der Fensterscheibe, um uns herum viele ältere Damen. Sie lachte schallend auf. Einige Gäste drehten sich zu uns um. Sie hatte das gut Stück schon wieder mit der Serviette zugedeckt. Sie freute sich wie ein Kind, ich hatte, obwohl ich nicht zimperlich bin, wohl rote Ohren bekommen. Wir setzen unsere Unterhaltung etwas gedämpfter fort. Die Situation war wieder unter Kontrolle. Mira hatte die Serviette so hingelegt, dass nur ich noch etwas von ihm sehen konnte, ich konnte nicht umhin immer wieder zu ihm hinüberzusehen. Angst vor neuerlicher Entdeckung oder Neugierde. Ich wusste es selber nicht. Auch ohne Augen schien mich der Peniskopf immer anzusehen. Mira beobachtete mich interessiert. Sie sagte, sie hätte sich das gute Stück einfach schicken lassen. Das sei ganz einfach und schnell. Ich hätte ihn gerne näher untersucht, aber natürlich nicht hier. Die Sekunde in der er blank auf dem Caféhaustisch gelegen hatte, hatte genügt, um mich davon zu überzeugen, das er sehr natürlich aussah. Mira ging noch einen Schritt weiter. Als sie Milch in den Kaffee eingoss, nahm sie ganz versonnen den letzten Tropfen des Milchkännchens an ihren Finger. Statt ihn abzuwischen langte ihr Finger von vorne unter die Serviette und als ihr Finger wieder auftauchte, hing ein kleiner Tropfen an der Penisspitze, die restliche Eichel glänzte im Morgenlicht. Nun konnte ich den Blick fast gar nicht mehr abwenden. Mira genoss ihr Werk und leckte genüsslich die Fingerspitze ab, die gerade den Penis benetzt hatte. Da klopfte jemand an die Scheibe. Ein junger Kerl schaute frech herein. Er hielt zwei Finger gespreizt vor den Mund und machte mit der Zunge eindeutige Bewegungen. Wie kam der Kerl dazu uns so plump anzumachen? Mira machte eine ruhige, kaum erkennbare Bewegung mit der

Hand. Sie hob die Serviette seitlich an, so dass nur der Kerl vor dem Fenster es sehen konnte. Als er den Riesenpenis auf dem Frühstückstisch liegen sah, verlor er sofort das Interesse an uns. Er lief puterrot an und schaute erst Mira dann mich ungläubig an. Wir erwiderten fest seinen Blick. Egal; was er sich vorher vorgenommen hatte, er drehte sich um und ging mit schnellen Schritten weg. Mira lachte; den hatte sie in die Flucht geschlagen. Wir amüsierten uns noch eine Weile, was ihn wohl besonders abgeschreckt hatte. Hatte er zwei harte Lesben beim Frühstück gestört oder nur festgestellt, das er mit unserem Prachtexemplar nicht mithalten konnte. Wir würden es nie erfahren. Mira und ich setzen unser lustbetontes Frühstück fort. Bis hierher hatte es mir schon gut gefallen. Mira sorgte immer für irgendeine Überraschung. Ich fragte Mira wo man solche Gegenstände denn vor dem Kauf einmal ansehen könnte. Sie meinte, wir könnten einfach mal in einen Sex-Shop gehen, da könnte ich mir alles ansehen. Ich war noch nie dort gewesen. Als verheiratete Frau hatte man dort nichts zu suchen. Mira entschied, es sei eine gute Zeit das nachzuholen. Ich wahr sehr unsicher. Wir zahlten und Mira ließ ihren kleinen Freund in der Handtasche verschwinden.

S-SHOP

Nur zweihundert Meter weiter gab es einen Shop. Ich weiß nicht, was ich erwartet hatte, bisher hatte ich mir eigentlich gar keine Gedanken gemacht. Das war eine

Laden für geile Männer, die keine Chance bei Frauen hatten, vielleicht auch nur für Schwule. Ich ging hinter Mira mit sehr gemischten Gefühlen hinein. Eigentlich wäre ich am liebsten umgekehrt. Aber Mira ging unbeirrt hinein. Niemand im Geschäft, das lag wohl an der morgendlichen Stunde, außer dem schlanken noch sehr jungen Verkäufer an der Kasse. Der grüßte freundlich. Fragte uns, ob er uns helfen könne. Mira ließ ihn links liegen und steuerte an Heften, Video CD´s und zahlreichen Kabinen einem Regal mit Gegenständen zu. Ich fragte Mira leise, wozu denn diese Kabinen da seien. Mira meinte, da können sich die Kerle in der Mittagspause einen runterholen. Ich konnte es mir nicht vorstellen, das ein Mann in einer solchen Kabine ganz allein mit einem Monitor sexuelle Gefühle entwickelt. Ich fand das eine deprimierende Vorstellung. Nicht, das ich mir keine Selbstbefriedigung vorstellen könnte, manchmal brauchte ich es ja selber, aber in einer solchen seelenlosen Maschine gegen die Zeit zu arbeiten. Nein, das war weit von meinen sexuellen Vorstellungen entfernt. Für mich hatte Lust etwas damit zu tun, Fantasien zu entwickeln, Experimente mit einer neuer Umgebung, neuen Gerüchen, da konnten sich Gefühle entwickeln. Mit Zeitvorgaben konnte ich nichts anfangen. Ich nahm mir vor, zu meinem Mann so lieb zu sein, das er nie nötig hätte, in einer solchen Kabine seine Mittagspause zu verbringen.

Nun standen wir vor einem Regal mit Gegenständen vieler Art. Diese Fülle stieß mich eher ab. Mira nahm einen dieser Kunstglieder aus dem Regal. Er war unnahbar in einem Karton verpackt. Der Aufdruck verriet sein Größe und seine Besonderheiten. Ich war ein wenig enttäuscht. Vielleicht war meine

Vorstellung auch zu naiv gewesen. Ein Schwanz neben dem anderen auf dem Tisch und ich könnte sie alle befummeln. Allmählich freundete ich mich mit den Spielregeln in dieser Art Geschäft an. Hier konnte maximal eine Vorahnung von der Lust entstehen, die eigentliche Lust sollte wohl doch anderswo ausgelebt werden. Nicht einmal das aufmachen der Packungen war vorgesehen. Also nur einen eckigen Gegenstand, den Karton in die Hand nehmen, das Gewicht prüfen, Bilder schauen, die Kurzbeschreibung lesen. Ich stellte fest, auf jedem stand ungefähr dasselbe drauf. „unvergessliche Höhepunkte ...“

Ich hielt mich lieber an Mira, sie schien besser Bescheid zu wissen. Sie klärte mich über einige Unterschiede auf. Einige seinen mit, andere ohne Vibrationsmotor. Manche seinen eher glatt, andere legten viel Wert auf Realismus, schöne dicke Adern haben mich schon immer angemacht. Einer hatte eine krumme Penisspitze, ich dachte an eine Fehlproduktion und einen verminderten Preis. Mira lachte, der sei extra so krumm, auch wenn Männer nicht immer den Durchblick hätten, hier gäbe es ein Produkt bei dem die Frauen wohl mitgeredet hätten. Sie hätte einen solchen schon mal probiert, aber ihr G-Punkt sei noch nicht soweit. Ich fragte nicht, um nicht zu unwissend zu erscheinen. Gut, den nehme ich mit. Oh, wo sollte ich den zu Hause bloß verstecken. Mira schien in ihrem Element. Sie zeigte mir einige Kugeln aus dem fernen Osten. Als ich die Packung hin und her bewegte bemerkte ich, dass da irgendetwas hin- und herkullerte. Die Kugeln machten mich neugierig. Als Mira sagte, die könne man einfach so rein schieben und dann z.b. Einkaufen fahren, stellte ich mir sofort vor, wie es wohl wäre, wenn ich vor der Fleischtheke in meinem Supermarkt gerade einen Orgasmus bekomme. Nun ich würde sie nicht direkt in der Öffentlichkeit ausprobieren. Ich entschloss mich, ein paar goldene Kugeln zu erstehen. Mira lachte wieder, sie sah wie ich innerlich Feuer gefangen hatte. Nun interessierten mich aber die Kugeln, die stabil wie auf einem dünnen Stab befestigt waren. Die gab es in kleiner und großer Ausführung. Mira meinte, die könne man vorne und hinten einführen und dann vor und zurück bewegen. Ich erinnerte mich, so etwas in einem Pornoheft meines Mannes gesehen zu haben. Er hatte einige Hefte und glaubte sie gut versteckt zu haben. Ich hatte ihn natürlich nie darauf angesprochen, auch ein Mann braucht seine kleinen Geheimnisse. Damals hatten mich diese Bilder irgendwie angesprochen. Mein Mann hatte es aber bisher nie gewagt mich auf solche Lustpraktiken anzusprechen. Ich denke, dass das in vielen Ehen ein Tabuthema ist. Irgendwie kann man über sexuelle Experimente scheinbar nur mit Freunden sprechen oder gar nicht. Eigentlich schade. Nun, ich nahm die schwarzen Kugeln, fünf auf einer dünnen biegsamen Peitsche. Mira traute ihren Augen nicht. Erst gar nichts und nun schon drei Ausrüstungen für Sexperten. Ich musste ebenfalls lachen. Mira sagte, ich brauche nicht alles auf einmal zu kaufen, wir könnten jederzeit wiederkommen. Da waren noch ein paar Gegenstände, die mich sehr interessierten. Z.B. die etwas größeren natürlichen Dildos, vor denen ich geradezu erschauderte. Nun, ich konnte nicht alles auf einmal ausprobieren. Leicht erregt, aber zufrieden verließen wir das Geschäft. Dann fuhren wir zu Mira nach Hause. Ich konnte ja schlecht all die Verpackungen in den häusliche Müll werfen. Wir packten im Wohnzimmer alles aus und nun konnte ich erstmals jeden Gegenstand befühlen.

Mira bot mir an, alles bei ihr zu deponieren. Nun, die Kugeln wollte ich direkt ausprobieren. Mira lachte erneut, sie zog ihr Kleid hoch und zeigte mir eine kleine Schnur, die aus ihrem Slip herausing. Ich bückte mich und musste unwillkürlich daran ziehen. Mira schob den Slip zur Seite und ich konnte ihren außergewöhnlich dicken Kitzler sehen, der mich schon bei unserer Musicaltour fasziniert hatte. Ohne nachzudenken streichelte ich ihn, wie einen alten Bekannten. Er schwoll noch mehr an. Ich musste ihn einfach lecken. Mira schmeckte köstlich. Der Duft ihre Möse machte mich sofort geil. Ich zerrte an der Schnur und wollte direkt wissen, was Mira die ganze Zeit spazieren getragen hatte. Es kamen nacheinander fünf dicke Kugeln zum Vorschein. Alle eine Nummer Größer als ich sie gekauft hatte. Nun verstand ich, warum Mira nichts gekauft hatte. Sie war schon vorher gut versorgt. Ich schob alle Kugeln eine nach der anderen zurück in das dunkle Loch. Mira konnte ganz nach Belieben ihre Mösenmuskeln entspannen und mir die Arbeit erleichtern oder sie machte zu, so dass noch nicht einmal ein Finger hineinging. Ich wollte ebenfalls die Kugeln. Ich legte mich zurück auf das Sofa, Mira zog mir schnell das Höschen aus. Sie steckte eine Kugel nach der anderen erst in ihren Mund und dann ganz vorsichtig in meine Muschi. Sie wusste, alles an mir war kleiner und zarter. Sie war sehr geschickt, dennoch hatte ich ein wenig Angst, wie immer, wenn ich mir etwas Neues einverleibte. Mit jeder Kugel ging es einerseits etwas leichter, da die Angst kleiner wurde, aber meine Muschi war nun vollständig gefüllt. Mira leckte meinen Kitzler ganz sanft und ich entspannte mich dabei zunehmend. Dann sagte Mira,

„Komm, wir gehen ein bisschen spazieren."

Sie nahm meine Hand und wir wanderten durch die Wohnung. Die Kugeln erzeugten ein seltsames Kribbeln in meiner Muschi. Es war nicht unangenehm. Da scheinbar weitere Kugeln in den Kugeln waren, war immer etwas in Bewegung. Die Kugeln drückten von ihrer Grösse und zusätzlich mit den Gewichten aus ihrem Inneren gegen meine Scheidewände. Mira meinte, ich sollte möglichst unverkrampft sein. Die Kugeln würden schon nicht herausfallen. Ich versuchte ihrem Rat zu folgen. Der Druck auf meine inneren Wände ließ nun etwas nach und gab dem Kribbeln mehr Raum. Ich begann es zu genießen. Vielleicht könnte ich sie bei der Haus- oder Gartenarbeit tragen. Mira war eine geduldige Lehrerin. Nachdem ich meinte, nun wüsste ich, wie sie zu gebrauchen seinen, sagte Mira.

„Komm, auf der Treppe ist es noch schöner."

Wir stiegen die Stufen zu ihrem Schlafzimmer hinauf. Jeder Schritt zwang die Kugeln eine neue Lage einzunehmen, sie drückten sich gegenseitig, in meiner Muschi war der Teufel los. Mira zeigte mir, das es ein Unterschied war, die Treppe hinauf oder hinunter zu gehen. Nach dem dritten Aufstieg hatte ich das Gefühl, alles wollte unbedingt auf einmal heraus. Ich warf mich auf Miras Bett und atmete wie nach der heftigsten Besteigung. Mira wäre nicht Mira gewesen, wenn sie mich hätte so liegen lassen. Sie kam, kniete sich vor mich und streichelte meinen üppigen Bär, auf den ich so stolz bin. Ihre Finger versuchten die erste Kugel mit den Fingern zu erreichen. Es drehte sich alles um mich, ich war kurz vor dem totalen Absturz. Mira wurde sanfter sie leckte meinen Kitzler und zog gleichzeitig eine Kugel nach der anderen heraus. Jedes Mal glaubte ich eine riesige Eichel würde mich verlassen. Aber wo gibt es schon einen Schwanz mit fünf Eicheln. Meist genügt einer, mir den Himmel zu zeigen. Es durchzuckte mich ein Orgasmus nach dem anderen, völlig willenlos war ich Mira und den Kugeln ausgeliefert. Als alle Kugeln mich verlassen hatten, bat ich Mira mir eine Pause zu gönnen. Sie legte sich. neben mich und nahm mich in den Arm. Ihre Nähe tat mir gut. Nach einigen Minuten, ich weiß nicht wie lange wir dort gelegen haben, schaute ich auf die Uhr und erschrak. Seit dem Frühstück war der Vormittag verflogen. Ich musste nach Hause. Es gab noch einiges zu tun. Normalerweise kaufte ich nach einem gemeinsamen Frühstück mit Mira auf dem Markt frisches Gemüse oder Gurken ein. Nun heute würde es auch ohne frisches Gemüse gehen müssen. Ich konnte ja schlecht die eingekauften strammen Jungs von einem anderen Markt auf den Tisch bringen. Das war Miras Privileg. Ich musste mir was ausdenken, warum es kein umfangreiches Essen geben würde. Ich konnte doch nicht sagen: Es gib nichts zu essen, Eure Mutter hat sich am Vormittag in einem Sex-Shop rumgetrieben.

Verkaufstraining

Gegen 9.00h klingelte das Telefon. Eine mir noch wenig vertraute Stimme meldete sich. Karin klang fremd am Telefon, irgendwie geschäftsmäßig. Nun, bei meinem Abenteuer im Geschäft hatte sie auch nicht viel gesprochen. Dennoch war es mir unvergesslich. Den Body hatte mein Mann richtig lieb gewonnen. Nun, Karin erinnerte mich an unser Gespräch. Sie sagte, in Kürze gäbe es eine Party bei ihr zu Hause. Da könnte sie gut meine Hilfe gebrauchen. Ich war im ersten Augenblick etwas ablehnend, vielleicht, weil es irgendwie nach richtiger Arbeit klang. Dazu hatte ich keine Lust. Es sollte vor allem Spaß machen. Sie meinte, bevor ich eine Entscheidung treffen würde, sollte ich einfach bei ihr zu Hause vorbeikommen, sie würde mir dann auf alle Fragen viel besser antworten können, als am Telefon. Ich war einverstanden. Sie meinte, sie sei allein zu Hause, wenn ich Zeit hätte, könne ich direkt kommen. Nun es war Mittwoch, ein eher ruhiger Vormittag erwartete mich, also willigte ich ein. Ich fuhr 20 Minuten durch die Stadt zu ihrem Privathaus. Es lag in einem Vorort, ein freistehendes Haus auf einem großen Grundstück. Ich klingelte und Karin öffnete. Sie sah sehr gepflegt aus, schwarze Strümpfe, schwarzer kurzer Rock und darauf eine schicke weiße Bluse. So hätte sie in jeder Bank eine gute Figur gemacht. Sie begrüßte mich direkt mit einem freundschaftlichen Küsschen. Dann gingen wir ins Haus. Für mich war das Haus im ersten Augenblick verwirrend. So viele Türen in der Diele. Sie ging voraus und schon waren wir im Wohnzimmer. Sie hatte eine kleine Kaffeetafel vorbereitet. Wir saßen nebeneinander auf dem Sofa. Karin erzählte nun von sich und dem Geschäft. Nach dem Tod des Vaters, hatte sie dieses Haus und das Geschäft übernommen. Ihr Mann kümmerte sich um den Einkauf und die üblichen organisatorischen Aufgaben. Sie hatte den Verkauf in ihre geschickten Hände genommen. Zu ihrem Verkaufskonzept gehörten neben den beiden Geschäften in der Stadt noch ein kleiner Versandhandel und ihre eigene Spezialität: Verkaufsparties in diesem Hause. Noch konnte ich mir darunter nicht viel vorstellen. Sie sagte, sie habe alle Kundinnen, die je bei ihr waren im Computer erfasst. Damit sei sie in der Lage Parties mit verschiedensten Schwerpunkten zu veranstalten. Neben notwendigen Maßen der Kundinnen, könne sie sehen, was diese bisher gekauft hätten und darüber hinaus kenne sie die Vorlieben der einzelnen Kundinnen sehr genau. Noch verstand ich nicht, was sie damit meinte. Später wurde mir alles klarer. Sie führte mich durchs Haus wie eine alte Freundin. Alles war sehr geschmackvoll eingerichtet. Ihr Bad beeindruckte mich besonders. Sehr groß, hell mit Dusche, großer Whirlpoolwanne und vielen verschwenderischen Details. Sie sagte, baden sei eine ihrer Leidenschaften. Meine auch, aber meine Möglichkeiten waren etwas begrenzt. Im Schlafzimmer zeigte sie mir ihre private Wäschekollektion. Ich war geneigt zu sagen, es hätte für ein kleines Wäschegeschäft gereicht. Alles, was eine Frau anziehen kann, um sich attraktiver zu machen hatte sie im Überfluss. Farben, Formen ... alles in bester Qualität. Sie gestand mir, das sei eine weitere Leidenschaft. Ich war sehr beeindruckt. Dann gingen wir durch den Garten, alles von Gärtnerhand gepflegt. Ein Teich mit kleiner Insel, alter Baumbestand einfach romantisch. Ich fand den Garten einfach wunderbar. Dann gingen wir wieder ins Haus. Karin wurde wieder etwas geschäftsmäßig, als ich fragte, wo soll denn die Partie stattfinden. Sie schmunzelte und sagte. „Komm mit." Wir gingen zur Haustüre. Ich war etwas verwundert, wollte sie mich loswerden? Neben der Haustüre gab es noch weitere Türen, die mich zu Beginn schon verwirrt hatten.

Sie sagte: „Verkaufsparties finden hier statt." und öffnete eine Türe. Zunächst konnte ich nichts sehen. Sie schaltete das Licht an. Ein großer Raum lag vor uns. Nun lief Karin zur Hochform auf. Dieser Raum sei ihr Werk, alle Erfahrungen seinen hier eingebaut. Sie könne neue Kundinnen sehr kompetent und seriös empfangen. Es bestünde aber auch für befreundete Kundinnen die Möglichkeit, eine fröhliche Party zu veranstalten. Manchmal lade sie auch spezielle Fachleute ein, um den Kundinnen etwas zu bieten. Für mich blieb einiges im Dunkel. Karin erklärte mir die Räumlichkeiten. Eine große Sitzgruppe und einige Ottomane-Kissen boten Platz für ca. 15 Kundinnen. Eine kleine Bar und Hocker ergänzten die Sitzmöglichkeiten. Ein erhöhtes Podest mit Spiegeln wirkte eher wie eine Bühne. Ich hatte nun die Vorstellung, das sich hier anständige Orgien abspielten. Was sollte dabei meine Aufgabe sein? Wenn ich Karin so ansah, nein plumpe Orgien passten nicht zu ihr. Sie schien sehr viel Energie in die Details zu stecken, um ihre Vorstellungen in die Tat umzusetzen. Rollende Kleiderständer für viele Dessous, sowie Regale für Accessoires ergänzten den ersten Raum. Ich fühlte mich wie bei einem Gang durch eine Nachtbar am Tage. Karin bemerkte dies an meinen Reaktionen. Dann gingen wir in den zweiten Raum. Dieser war eine Mischung aus Lager und Fitnessraum. Eine Saunakabine, Dusche, Toilette und eine Whirlpoolwanne deuteten auf vieles hin, am wenigsten auf Verkaufen. Karin hatte erreicht, was sie wollte, ich war neugierig geworden. Sie meinte, wenn ich Montagabend Zeit hätte, könne ich ihr ein wenig helfen, die richtigen Stücke herauszusuchen und den Kundinnen behilflich zu sein. Mein Honorar könnte ich mir selber aussuchen. Ich konnte es mir nicht vorstellen, nur Frauen im Raum, jede ein anderes Figurproblem. Wo sollte da der Spaß sein.

Doppel D

Montag Abend, ich war sehr nervös. Meine Familie

war versorgt. Ich hatte meinem Mann von einer Modenschau erzählt. Er wunderte sich ein wenig über den Wochentag, sonst war alles o.k. Da ich selber nicht genau wusste was mich erwartete, hatte ich diese Umschreibung als angemessen empfunden. Nun fuhr ich zu ihr. Karin öffnete mir in einem Frack und schwarzen Strümpfen. Sie sah mit ihrem seriösen streng wirkenden hübschen Gesicht, ihren kurzen dunklen Haaren und einer nicht zu übersehenden Traumfigur hinreißend aus. Ich hatte in Unwissenheit was mich erwartet, ein kurzes schwarzes Kleid angezogen. Sie meinte, sie hätte für mich noch eine Überraschung. Wir gingen durch den großen Raum. Heute wirkte er nicht mehr so fremd, flotte Musik, einige Lampen, der Raum gut beheizt, die „Bühne im Dunkel." Ich fühlte mich schon etwas wohler. Karin meinte, ich könne den Damen ein Glas Sekt oder irgendetwas von der kleinen Getränkekarte anbieten. Sie hätte dann Zeit, sich um jeden einzelnen zu kümmern. Sie meinte, ich könne mich gerne umziehen. Auf dem Tisch lag ein pinkfarbenen Jacket und ein passender Seidenslip. Ich zog beides an und betrachtete mich im Spiegel. Ich fand mich total chick ausgezogen. Meine Nippel lugten unter den Revers hervor. Dazu trug ich passende Strümpfe bis zum Oberschenkel diesmal ohne Strapse. Alles sah super leicht aus. So würde ich bei der Arbeit nicht ins Schwitzen kommen. Ich hörte einige Autos kommen, es schien loszugehen. Es klingelte stürmisch. Karin führte eine Kundin nach der anderen herein. Die Kundinnen schienen sich bestens auszukennen. Jedenfalls gingen sie sofort in die Ecke, wo die Garderobe war. Hier gab es Kleiderbügel und Haken sowie für jede Kundin eine separate Schublade. Die

Damen im Alter von 25 bis 50 entkleideten sich, bis auf ihre eigene Wäsche. So kam eine nach der anderen mit lautem Hallo an die Bar, um von mir das erste Glas Sekt zu empfangen. Von nun an waren sie nicht mehr zu stoppen. Ich dachte nur, warum brauchen die neue Dessous? Sie sahen alle top aus. Vielleicht waren dies die Produkte der letzten Party. Karin meinte, damit ich alle Frauen besser mit ihrem Vornamen ansprechen könne, solle ich den Vornamen auf das Dekolletee schreiben. Ich war sehr überrascht. Karin drückte mir einen Augenbrauenstift in die Hand. Ich kannte keinen Namen. Die Frauen machten sich einen Spaß daraus, sich in einer Reihe aufzustellen und mir ungefragt ihren Vornamen zu nennen. Ich wollte sie nicht so grob bekritzeln, deshalb schrieb ich ihre Vornamen so, als ob sie ein Halskettchen mit ihrem Namen trügen. Es erwies sich als praktisch, das ich auf dem Barhocker saß und die Damen mir ihr Dekolletee reichten. Bei dieser Arbeit wurde ich mehrmals durch das unglaubliche Volumen einiger Busen abgelenkt. Die Damen quittierten meinen Einfall mit dem Kettchen direkt mit Beifall. Ich war akzeptiert. Karin hatte heute nur Frauen mit übergroßen Busen eingeladen, außer mir, ich hatte mit Abstand die kleinsten Brüste. Karin hatte sich in der Zwischenzeit umgezogen. Sie trat mit atemberaubendem BH und Höschen in schwarz, sowie langen schwarzen Strümpfen auf die Bühne. Sobald sie an eine spezielle Stelle trat, ging ein Scheinwerfer an und die Musik wurde unterbrochen. Die Frauen drehten sich zu Karin um und applaudierten. Karin lächelte bescheiden. Ich glaube, sie genoss diese Art von Bewunderung. Sie sagte: „Die erste Runde ist eröffnet." Die Frauen stürzten sich wie beim Schlussverkauf auf den Ständer mit den Dessous. Jede wollte scheinbar die erste sein, die sich in neuem Outfit präsentierte. Sobald eine fertig umgezogen war, trat sie auf die Bühne und wurde von allen begutachtet. Die Frauen klatschten oder drehten sich einfach weg, falls ihnen das vorgestellte Stück gar nicht gefiel. Das hielt sie selbstverständlich nicht davon ab, es im nächsten Augenblick selber anzuziehen.

Neun Kundinnen mit beträchtlichem Volumen in Bewegung, ich wusste weder wo ich zuerst hingucken sollte, noch ob ich ebenfalls Hand anlegen sollte. Karin hatte sie gut erzogen, ohne viel sagen zu müssen fand jede ein tolles Teil. So kamen sie leicht erhitzt, alle Parfüms wild durcheinander in ihren ausgewählten Dessous an die Bar. Sekt, Gespritzter im Glas, Pflaumenlikör, saurer Fritz, Ramazotti, Feigensaft mit Wodka, die Damen kannten Karins Getränkekarte sehr genau. Ein Likör mit Namen Hundertjähriger blieb unbeachtet. Karin trat nun mit einem großen Hut und einem raffinierten Body auf die Bühne und servierte allen Sekt. Alle wussten, jetzt begann die zweite Runde. Einteiler waren angesagt. Wieder hatte sie die Runde voll im Griff. Ein anderer rollender Wäscheständer stand bereit. Die Damen zwängten sich in jeden noch so engen Body, dabei halfen sie sich gegenseitig nach Kräften. Karin hatte zwar nur die großen Modelle herausgehängt, aber auch da gab es noch viele Unterschiede. Hier war Karins Wissen erstmals gefragt. Sie griff zielsicher die richtige Größe heraus, so dass jede nun einen Body ausprobieren konnte. Ich fand einige sahen toll aus, Marion war einfach zu klein, ihre Proportionen kamen in BH und Höschen besser zum Tragen. Diese

Runde endete für einige nicht ganz so zufriedenstellend, was die Trefferquote anging. Sie glichen den Spaß einfach dadurch aus, das sie den anderen halfen ihre üppigen Maße unterzubringen. Marion hatte sich einfach von ihrem Testobjekt getrennt und stand nun splitternackt bis auf die langen Strümpfe und einen Hut im Raum. Ein Bild für die Götter. Nun diese Runde ging an die mit den etwas festeren Brüsten. Eine der Frauen hatte offensichtlich etwas nachgeholfen. Ich hätte zu gerne ihre dicken Möpse angefasst, nur um zu spüren, wie hart sie sich anfühlen. Früher hatte ich mir gewünscht, selber viel mehr Busen zu haben. Heute habe ich gelegentlich Ellen. Sie hätte gut zu dieser Runde gepasst. Nach all der Anstrengung kehrte wieder etwas Ruhe ein; Zeit einen neuen Drink zu nehmen. Ich hatte wieder Hochbetrieb.

Unbemerkt verschwand Karin um sich umzuziehen. Ich war gespannt, was sie nun tragen würde. Sie präsentierte in einem atemberaubenden busenfreien schwarzen Korselett kleine Happen auf einem silbernen Tablett. Das passende Höschen hatte sie vergessen. Den Hut natürlich nicht. Erstmals konnte ich mich von ihrer tollen Figur überzeugen. Sie sah einfach hinreißend aus. Als ob sie meine Reaktion spüren könnte, drehte sie sich im Scheinwerfer zu mir. Ich konnte keinen Augenblick wegsehen, geschweige denn mich um die weiteren Getränke kümmern. Ich sagte nur „Selbstbedienung" und ging auf sie zu. Als sie sah, dass ich mich für sie interessierte, drehte sie mir frech ihren Hintern zu. Die Korsage bildete einen perfekten Rundbogen über ihren eigenen toll geformten Backen. Ich wollte gerade wie in Trance meine Hand ausstrecken und sie berühren, da drehte sie sich wieder herum, hob das Tablett an und drückte es mir in die Hand. Dann verneigte sie sich vor den tobenden Frauen. Ich kam wieder zu mir, lächelte verkrampft und bot allen die Häppchen an. Karin hatte kleine Brötchen in Penisform gebacken und sie aufgeschnitten, um sie mit Lachs und Mayonnaise zu füllen. Die Frauen johlten vor Begeisterung. Zwei von den Damen, Iris und Rosie; beide mit vielen Pfunden nicht nur in der Oberweite gesegnet, drückten die Brötchen so zusammen, dass die Mayonnaise vorne an der Eichel austrat. Iris meinte trocken: „Meiner ist gerade gekommen," dieser Ausruf wurde von den anderen mit frenetischer Beifall aufgenommen. Dann ließ sie sich auf einem der großen Sitzkissen nieder, schob ihre Beine trotz ihrer Leibesfülle unter die Ellbogen, wie eine Zirkusartistin. Dann schob sie das Brot mitsamt dem Lachs, Mayonnaise und einem Salatblatt in ihre Möse. Ich hatte so eine spontane Geilheit bei anderen Frauen noch nie erlebt. Es schien ihr in diesem Augenblick egal, das sie nicht allein war. Sie bewegte das Brot hin und her, ich hörte ihr Stöhnen trotz der lauten Musik. Die Mayonnaise quoll aus ihr heraus. Das Brot war mittlerweile weich geworden und hatte seine Penisform verloren. Irgendetwas fiel zu Boden. Mir schien ein Teil musste noch drin sein. Eine der Kundinnen, ich meine es war Petra, ebenfalls mit riesigen Naturtitten kniete sich vor sie hin und steckte zwei Finger in ihre Möse, um den Rest herauszuholen. Dann versuchte sie ihre Hand hineinzuschieben. Es ging trotz mehrerer Versuche nicht. Dann rief Rita, „Die Kleine hier hat schöne kleine Hände, die soll es versuchen!" Alle blickten mich an. Sollte ich weglaufen. Dann wäre der Kontakt zu Karin wohl vorbei. Ich schaute zu ihr hinüber. Sie stand ganz ruhig da und schaute mir in die Augen. Sie nickte ganz leicht mit dem Kopf. Ich verstand. Ich bewegte mich ganz langsam auf Iris zu. Sie lag völlig ungeniert auf dem Rücken und präsentierte allen ihre mit Mayonnaise gefüllte Möse. Ich kniete mich hin. Schob den Ärmel des Jacketts ein wenig zurück und langte voll hinein, in diesem Augenblick wollte ich es nur hinter mich bringen. Ich griff in ihrem Inneren den Rest Brot, sie stöhnte laut auf und ich zog die Hand mitsamt dem Brot wieder heraus. Die Frauen johlten und trampelten. Alle waren völlig begeistert. Ich schaute zu Karin hoch, sie war zufrieden und lächelte sanft. Sie hatte wieder gewonnen. Über welche Kräfte musste sie verfügen, wenn sie mich dazu bringen konnte einer mir unbekannten Frau vor Publikum in die Möse zu greifen. Meine Gefühle schwankten zwischen grenzenloser Scham und Verehrung für diese Frau. Was könnte sie noch mit mir machen? Eine der Frauen rief:

„Ich hab was gefunden!"

und stellte einen Karton auf den Tisch. Als sie hineinlangte und einen dunkelbraunen flexiblen Dildo herausholte, waren die Frauen nicht mehr zu bremsen. Sie schrien alle wild durcheinander. Anita, die mir bisher durch ihr gepflegtes Äußeres und einen sehr natürlich geformten großen Busen aufgefallen war, überstimmte alle begeistert mit

„Ein Negerpimmel, ein Negerpimmel."

Sie konnte sich gar nicht mehr einkriegen. Die Frauen überließen ihr den Pimmel, sie nahm ihn und zog sich aufs Sofa zurück, um sich von nun an sehr schweigsam mit diesem dunklen Ungetüm zu beschäftigen. Die anderen Frauen wühlten weiter, es kamen kleine, dicke, dünne, verchromte, bunte mit und ohne Motor zum Vorschein. Die Begeisterung nahm kein Ende. Karin hatte scheinbar eine größere Auswahl an Freudenspendern als der S-Shop, den ich mit Mira besucht hatte. Ich beobachtete Karin, sie war immer noch beschäftigt, alle ihre Kundinnen zu versorgen.

Wir

Als allmählich etwas Ruhe einkehrte, kam sie zu mir und sagte „Komm!" sie nahm meine Hand und führte mich in den Nebenraum. Am Tage hatte ich ihn als kalten Lagerraum gesehen. Am Abend waren überall kleine Lämpchen an, die sich durch die vielen Spiegel überall wiederholten. Die große Deckenbeleuchtung hatte sie ausgeschaltet. Sie führte mich zu der Seite, wo die Regale mit den schönsten Dessous in allen Farben und Formen lagen. Zwischen den Regalen stand ein großer Tisch, er hatte früher sicher als Zuschneidetisch gedient. Sie hatte ihn mit dunkelgrünem Leder überziehen lassen. Sie stellte sich mit dem Rücken zum Tisch und zog mich zu sich. Durch mein dünnes hauchzartes Jackett konnte ich ihre Brüste spüren. Zum ersten mal an diesem Abend hatte ich das Gefühl, dass sie an mir interessiert sei. Sie hatte ihre Geschäftsmäßigkeit abgelegt. Langsam streichelte sie mit ihren geschickten Händen unter den Revers meiner Jacke hoch. Zwischen uns nur noch der dünne Stoff. Es kribbelte sehr angenehm. Sie öffnete mein Jackett und ihre Hände nahmen den gleichen Weg wie vorher, diesmal direkt auf meiner Haut. Mein Ärger über ihre letzte Aktion mit den vielen Frauen war wie weggeblasen. Ich wollte nur, das sie mich nicht einfach hier stehen ließe. Ich nahm ihre wohlgeformten Brüste abwechselnd in beide Hände. Sie fühlten sich fest und dennoch weich an. Sie konnte ihre Brüste wie jetzt frei tragen oder mit beliebigen Dessous. Sie waren einfach in Größe und Form perfekt. Ihre Nippel waren ganz fest. Ich bückte mich, um sie mit meiner Zunge zu umkreisen. Karin drückte meinen Kopf fest an ihre Brüste. Sie genoss es genau wie ich. Während mein Mund ihre Nippel verwöhnte, fuhren meine Hände über die Korsage auf ihren Rücken. Ich nahm einfach von ihren tollen Batzen Besitz. In jeder Hand ein Muster eines perfekten Hintern knetete ich sie heftig. Karin warf den Kopf in den Nacken und ließ mich machen. Nun drückte ich sie fest gegen den Tisch, sie nahm ihre Arme zu Hilfe, um mit einem kurzen Ruck auf den Tisch zu steigen. Ich kniete mich vor sie auf den Boden und konnte ihre Möse zwar nicht richtig sehen, es war zu dunkel, aber bereits riechen. Ihr Duft stieg mir noch mehr in die Nase, als meine Lippen ihre Lippen berührten. Schon kamen ihre Hände, um mich in meinen Aktivitäten zu unterstützen. Ich fand ihren Kitzler, sie hob das Becken als ob sie ihn mir auf dem silbernen Tablett servieren wollte. Ich nuckelte und manchmal machte ich mir die Freude, meine Zunge so tief ich nur konnte hineinzuschieben. Ihre Möse war mittlerweile so nass wie ein kleines Mooskissen im Wald nach einem Platzregen. Ihre Behaarung war im sichtbaren Bereich sehr üppig. Entlang der großen Schamlippen hatte sie sich sorgfältig rasiert. So hatte ich keine Haare im Mund und meine Zunge konnte ungehindert alle Berge und Täler abfahren, wie eine Rennschnecke hinterließ ich überall eine saftige Spur. Ihre Möse schien mir größer als meine eigene, aber vielleicht vergrößerte meine Zunge sie auch unwillkürlich. Ihr Saft schmeckte besonders gut, immerhin hatte ich gewisse Vergleichsmöglichkeiten. Da der Saft zwischen ihren Labien in Strömen floss, waren ihre wohlgeformten Bäckchen nicht trocken geblieben. Ich leckte abwechselnd die eine, dann die andere Backe. Sie ließ sich zurück auf den Tisch sinken, hob ihre Beine weit in den Himmel, um mir meine Arbeit zu erleichtern. Ihr Hintern lag nun genau an der Tischkante. Ein Mann hätte hier sicher liebend gern seinen Hammer eingeführt. Nun ich bin kein Mann. Ich leckte also weiter. Karins Becken bewegte sich schon heftig. Sie wand sich vor meinem Mund. Ich wollte ihr kleines Loch auch einmal kosten. Es war kleiner und kaum mit der Zunge zu erreichen. Als sie merkte, wohin ich wollte, nahm sie ihre Knie zu sich und präsentierte mir ihren Hintern wie eine Weihnachtsgans. Ich steckte erst meine Zunge so weit ich konnte hinein, ließ sie dann kreisen und leckte dann vom Loch kommend den Damm entlang zu ihrer Möse. Bei Männern hatte ich damit tolle Erfolge gehabt. Karin sagte „Stecke bitte einen Finger rein." Ich wusste nicht genau was sie wollte, deshalb schob ich ihr erst einmal einen Finger in den Hintern und drehte ihn ganz langsam. Dann schob ich ihn tiefer hinein, bildete einen Haken und wiederholte die Drehbewegung. Karin begann zu zittern. Ich drehte die Finger und gleichzeitig leckte ich ihren Kitzler so fest ich konnte. Sie schien es genau so zu lieben. Dann nahm ich zwei Finger und schob sie ihr in den Hintern, ohne eine Pause beim Lecken zu machen. Karins Becken tobte auf und nieder, so dass ich Angst hatte ihr kleines Loch mit meinen Fingernägeln zu verletzen. Gleichzeitig verlor ich immer wieder den Kitzler aus dem Mund. Da er mittlerweile deutlich angeschwollen war, hatte ich keine Mühe ihn wiederzufinden. Karin stöhnte, röchelte und zuckte, ich war stolz. Jetzt war ich am Zuge. Mit einem lauten Seufzen kam sie. Meine Hände spürten, wie die Wellen ihre Bauchmuskeln durchschüttelten. Sie lag auf dem Tisch, ihre Beine hingen herunter. War das die Frau, die ein Dutzend Frauen nach Belieben dirigieren konnte. Als sie wieder etwas zu sich kam, rutschte sie weiter auf den Tisch. Ich ging seitlich an ihr vorbei bis zu ihrem Kopf. Sie schaute mich dankbar an und sagte „Danke Kleines, du warst phantastisch." dann schoben ihre Hände mein Jacket auf und spielten mit meinen kleinen Nippeln. Ich beugte mich über sie und sie saugte daran. Dann lehnte sie sich zurück „Sei nicht böse, ich brauche noch einen Moment." Ich gab ihr einen Kuss, um ihr zu zeigen, alles sei o.k. Karin würde schon für Gelegenheiten sorgen, mich ebenfalls zu verwöhnen.

Nach einigen Minuten ging Karin in den großen Vorführraum zurück. Einige der Kundinnen waren bereits gegangen. Andere waren mit sich oder einer anderen beschäftigt. Wie sollte Karin aus einem solchen Durcheinander ein Geschäft machen. Ich ging hinter ihr her und sie zeigte mir, wie sie es machte. Keine der Kundinnen hatte etwas aufschreiben lassen, wie sollte man noch wissen, wer was kaufen wollte. Nun, sie hatte sich ein total einfaches System ausgedacht. Jede Kundin ließ einfach alles was sie kaufen wollte in der Schublade mit ihrem Namen. Hatte sie zu Beginn ihre persönlichen Dinge dort abgelegt, so lagen jetzt bereits in einige Schubladen BH's, Bodys oder Corsagen. Karin sagte, sie würde alles am nächsten Tag kontrollieren, die passenden Höschen ergänzen und den Kundinnen dann im Geschäft überreichen. Damit hätten alle ihre Freude und sie wäre bisher auch mit dem Geschäft zufrieden. Immerhin würden 20 auf diese weise verkauft. Ich rechnete für mich einmal nach und kam aus dem Staunen nicht heraus. Karin war nicht nur hübsch, sie war auch eine gute

Geschäftsfrau, die größten Wert auf persönlichen Kontakt zu ihrer Kundschaft legte. Sie sagte, ich könne wenn ich wolle nach Hause fahren, in ihrem Geschäft könne ich mir jederzeit etwas Nettes aussuchen. Mit meiner Arbeit sei sie sehr zufrieden. Ich zog mich um, in meinem kleinen Schwarzen kam ich mir fast bürgerlich vor, den Seidenslip behielt ich direkt an. Als ich auf die Uhr schaute, dachte ich, hoffentlich schläft mein Mann schon, ich müsste erst einmal meine Gedanken ordnen, bevor ich ihm von meinem neuen Job erzählen konnte.

Tour de France

Tour de france

Mira rief mich ganz aufgeregt an. Sie habe da einen tollen Kunden an der Angel, es gäbe aber da noch einen Haken, sie bat mich bei ihr vorbei zu kommen, ich solle mir schnell etwas leichtes, sportliches anziehen. Ich setzte mich also ins Auto und fuhr zu ihr. Von Mira war ich schon einiges gewohnt. Sie war nicht umsonst eine der erfolgreichsten Maklerinnen in unserer Stadt. Wenn sie etwas wollte, dann setzte sie dafür Himmel und Hölle in Bewegung. Heute war ich dran. Ich wusste, es musste etwas besonderes sein, sonst hätte sie mir mehr Zeit gelassen mich zurecht zu machen. Als ich bei ihr im Penthouse ankam, reichte sie mir zuerst ein Glas Sekt. Ich wollte ablehnen und sagte:

„Aber Mira, es ist doch erst früher Morgen, ich muss doch noch Autofahren."

„Du wirst es brauchen!" antwortete sie,

„Wenn du erst hörst, worum es geht."

Wir setzen raus auf ihre Terrasse und sie begann „Ich

nenne ihn Karl, der wirkliche Name spielt keine Rolle, möchte von mir ein Grundstück in der Innenstadt kaufen. Zu einem sündhaft teuren Preis. Er möchte darauf ein Geschäftshaus für Sportartikel bauen. Er sagt, er möchte unbedingt mit mir das Geschäft machen.

Ich frage „Nah, und wo ist der Haken bei der Sache?"

Mira zögert, sollte sie, die unerschrockenste Frau, die ich kenne, plötzlich der Mut verlieren. Sie ringt nach Worten. „Nun, Anna, er ist Extremsportler, er filmt Leute bei den verschiedensten Sportarten. Heute möchte er uns beim Radfahren filmen."

Ich antworte, das ist doch kein Problem für mich.

„Vielleicht doch, er möchte, das wir beide vor ihm durch die Stadt fahren. Dabei nimmt er uns mit der Videocamera auf. An jedem Fahrrad ist eine Videocamera montiert. Er nimmt eine ungewöhnliche Perspektive. Unser Gesicht wird nicht auf dem Film sein, aber dein Popo."

„Ist der wirklich so ein scharfer Hund? Warum bist du denn nicht einfach mit ihm ins Bett gegangen?"

„Habe ich schon probiert, der steht aber auf Video. Beim Radfahren kannst du dein Höschen direkt hier oben lassen, gut dass du mit einem kurzen Rock gekommen bist, meiner hätte dir sowieso nicht gepasst."

„Bist du einverstanden? Er kann von seinen Auto aus also unter unseren Rock gucken."

Das hätte er auch einfacher haben können, dachte ich. Ich hatte nichts zu verbergen. Er sollte aber besser eine Zusatzversicherung abschließen, damit er nicht vor lauter Begeisterung über meinen schwarzen wuscheligen Bären die Kontrolle über sein Fahrzeug verliert und eine städtische Ampel abrasiert. Nun, vielleicht hatte er ja auch Übung darin.

„Wann soll es denn losgehen?"

fragte ich ein wenig gespannt. Die Vorstellung ohne Höschen durch die Stadt zu fahren, reizte mich. Mira nahm mich in den Arm und sagte,

„Komm, er ist schon unten und wartet."

Wie, noch nicht einmal telefonieren. Da war aber jemand seiner Sache sicher. Als wir unten im Parkhaus mit dem Fahrstuhl ankamen, führte mich Mira in eine kleine Parkbox. Dort standen zwei Fahrräder unter einer Plane. Mira sagte, da ist noch etwas und hob die Plane an. Ich dachte mich trifft der Schlag, diese verdammte Sau, hatte die Sättel abgemacht und stattdessen zwei unterschiedlich dicke Dildos auf der Stange montiert. Immerhin brauchte ich kein Monstrum einzuführen. Das war für Mira reserviert, ich hatte mich ja schon häufiger von ihrer ungewöhnlichen Elastizität überzeugen können. Mira nahm eine Packung vom Gepäckträger, darin war eine Tube mit Gleitcreme. Der Saukerl hatte an alles gedacht. Unten, neben den Pedalen war mit schwarzem Klebeband ein Teil montiert, dass gewöhnlich nicht dahin gehörte. Der Rest seiner Spezialvorrichtung war wohl in dem kleinen Paket auf dem Gepäckträger. Außer einem kleinen roten Lämpchen war keinerlei Aktivität zu sehen. Mira fragte,

„Bist du dabei? wenn du nicht willst, blasen wir die Sache ab." Ich sagte nur, „Der soll was zu sehen kriegen!"

Mira schaute mich nicht nur dankbar an. Sie drückte mich und wünschte meiner Muschi alles Gute. Wir cremten jeweils unseren >Spezialsattel< ein und Mira stieg vorsichtig auf. Sie drehte im Parkhaus eine Runde und sagte,

„Es geht besser als ich dachte, aber du darfst dich nicht richtig hinsetzen. Denk dran!"

Ich versuchte ebenfalls aufzusteigen, glücklicherweise half Mira mir und bog meinen neuen Begleiter einfach nach vorne. Gleichzeitig hielt sie das Rad fest. Ohne sie wäre ich wohl nicht drauf gekommen. Ihr selber schien es keinerlei Mühe zu machen, sich wieder auf ihren dicken Prügel zu setzen. Ich hörte ein leichtes Schmatzen, das wars. Versenkt! Ich fuhr wie Mira noch eine Proberunde, ich wollte mir auf keinen Fall in einer brenzligen Verkehrssituation etwas verklemmen. Ich war ebenfalls überrascht, das es erstaunlich gut ging. Meine Muschi war nicht unzufrieden. Wir fuhren also los. Die Rampe hoch, vorbei an der Schranke, die sich für Fahrräder nicht öffnet, wie ich feststellte. Die Räder hatte eine gute Gangschaltung, einziger Mangel meines Modells, nah sie wissen schon. Wir bogen aus dem Parkdeck in den laufenden Verkehr ein. Ich hörte hinter uns ein Auto recht nah auffahren. Mira rief mir zu, nicht umdrehen, nur fahren. Ich trampelte also was das Zeug hielt. Irgendwie wurde es mir schnell heiß, da ich recht gut durchtrainiert bin, konnte es kaum die Anstrengung der wenigen Meter sein, auch Angst schloss ich aus, was war es dann, ich schaute nach unten auf die Straße und stellte fest, das mein Unbekannter motorisierter Spanner nichts dem Zufall überlassen hatte, er hatte unter dem fehlenden Sattel noch einen kleinen Scheinwerfer montiert, damit meine Muschi auch schön ausgeleuchtet wird. Bei der Hitze hatte ich schon Bedenken, ob die Gleitcreme das aushalten würde. Meine Muschi hielt sich übrigens erstaunlich wacker. Nur bei Querrillen in der Straße, hätte sie sich etwas mehr Einfühlungsvermögen gewünscht. Nun die Straße hatte ihre Tücken, ich achtete also peinlich darauf alle Schlaglöcher zu umfahren. Mira machte auf mich einen völlig entspannten Eindruck, konnte sie auf dem Ding etwa sitzen? Sie ließ sich nichts anmerken, auch unter ihrem kurzen Rock strahlte eine Lampe. Sie war wie so oft jeder Situation gewachsen. Warum sich unser Verehrer nicht ihre üppigen Luxustitten für sein Extrem-Video ausgesucht hatte, war mir ein Rätsel. Die meisten Männer konnten es gar nicht abwarten, ihre Möpse auszupacken. Selbst ich hatte mich schon länger mit ihnen beschäftigt. Sie waren einfach toll. Nun heute wollte jemand etwas anderes geboten bekommen. Ich stellte mir vor, wie meine Radfahrtechnik wohl aus dieser Perspektive aussehen würde.

Meine Muschi hatte den Lümmel aus dem Laden gut umschlossen, da schlackerte nichts. Allmählich ersetzte meine eigener Saft die industrielle Gleitcreme. Ich fing an mich trotz der frechen Situation wohl zu fühlen. Ich schaute auf den Bürgersteig,überall Leute mit ihren Einkaufstaschen, wenn die wüssten. Ich veränderte meine Position etwas auf dem Rad, schaltete einen Gang herunter und versuchte etwas entspannter meinen Kitzler etwas mehr ins Spiel zu bringen, sollte der Kerl ruhig merken dass ich geil war. Wenn es hinter uns krachen würde, hätte er wohl gerade abgespritzt. Also weiter, wir waren mittlerweile bei der dritten Runde um den Block, sechs Etappen waren vereinbart. Ich rief Mira zu, ob es noch ginge. Sie antwortete nicht, scheinbar war sie mit sich beschäftigt. Ich trampelte einfach immer hinter ihr her. Ich merkte wie meine Möse immer mehr saftete. Mein ganzer Körper konzentrierte sich auf diese schöne Stelle. War es möglich so einen Orgasmus zu bekommen? Mir fiel voller Schreck ein, wie meine Reaktion nach einem perfekten Orgasmus aussieht. Ich neige dazu, mich fallen zu lassen, gut, wenn jemand da ist, der mich auffängt, aber hier auf der Straße? Ich sah mich schon mit Schürfwunden blutend neben meinem Fahrrad liegen. Passanten im Kreis um mich herum diskutieren, ob das denn ein normaler Damensattel wäre. Wie sollte ich das meiner Familie erklären, wenn sie mich im Krankenhaus besucht? Ich beschloss also nur noch kontrolliert meine Muschi zu bearbeiten und ihrem Wunsch nach totaler Befriedigung nicht nachzukommen. Es war einfach toll, jede kleine Unebenheit in der Straße verursachte nun Glücksgefühle, ich hätte immer so weiter fahren können.

Da riss mich ein Knall aus meine Träumen, ich wäre fast vom Rad gestürzt. Ich fuhr weiter, als wäre nichts gewesen, mein Reifen war es nicht, sonst wären die Schläge in meiner Möse härter geworden. Ich schaute nach unten und stellte fest, dass der kleine Scheinwerfer geplatzt war. War es selbst dem zu heiß geworden?

Die letzte Runde ging zu Ende. Geschafft. Wir fuhren wieder in der Garage in unsere Ecke. Als ich abstieg, merkte ich, nicht nur der Gummipimmel war völlig durchnässt, sondern, die ganze Stange war klitschnass. Wahrscheinlich hatte der herunter tropfende Mösensaft die Lampe zum Platzen gebracht. Ich stellte für mich fest: Manchmal hat Technik doch mal menschliche Züge.

Wir fuhren wieder nach oben in Miras Penthouse und badeten gemeinsam ausgiebig nach diesen Strapazen, so konnten wir am besten unsere Muschis (oder wie heißt die Mehrzahl von Muschi) erholen lassen und dabei alles schön bequatschen. Als wir nach einer Stunde aus dem Bad kamen lag ein neues Fax da.

Gratuliere! Tolle Leistung!
komme heute Abend zur Unterschrift.
Bitte bringen Sie Ihre reizende Freundin mit.

Für Mira und für mich ein toller Erfolg.

Wandertag

Ein- bis zweimal im Jahr trafen sich alle Kollegen meines
Mannes samt Anhang zu gemeinsamen Aktivitäten, mittler-weile eine schöne Tradition. So lernte ich nach und nach auch seinen Bekannten- und Mitarbeiterkreis kennen. Im Sommer wurde geradelt und gegrillt, oft mit einem Einstand oder Ausstand verbunden. Zu anderen Jahreszeiten hatten wir schon häufiger eine Wanderung durch schöne Gegenden gemacht, z.B. in Weinbaugebiete, dann hielten sich die sportlichen Aktivitäten in Grenzen. Ab und zu regten Mitarbeiter oder deren Frauen auch unsinnige

Tourniere an. Hierbei kam es eben nicht auf die ehrgeizige Vorführung von Talenten an, sondern ein Team stellte möglichst sinnlose Aufgaben zusammen, die dann mit Punkten versehen waren. Der Gewinn wurde meist am gleichen Abend noch verzehrt. Manchmal hatte der letzte die dankenswerte Aufgabe das nächste Gruppentreffen vorzubereiten. Da das mit Arbeit verbunden ist, strengten sich alle mächtig an, dabei kam der Spaß nie zu kurz.„Wenn man zusammen lachen kann, kann man auch zusammen arbeiten." so der Wahlspruch meines Mannes. An diesem Wochenende war eine größere Sache geplant, da der Seniorchef sich verabschieden wollte. Wir reisten Freitags an und parkten im Dorf. Von dort musste man zu Fuß zu einer Hütte aufsteigen. Als Einstimmung in den Wandertag am nächsten Tag gar nicht übel. In der kleinen Hütte gab es nach anfänglicher nicht enden wollender Begrüßung ein rustikales Abendessen vom Grill. Einige der Kollegen und ihre Frauen kannte ich von früheren Veranstaltungen. Immer wieder kamen auf diesem Wege nette Kontakte zustande. Markus war diesmal allein gekommen. Bisher war er bei Feiern mit seiner Freundin Heike aufgetreten. Er schien wieder solo zu sein und kümmerte sich rührend um alle Frauen. Wir feierten ausgelassen und gegen 3 Uhr in der Früh fand der schöne Abend allmählich ein Ende. Für die Übernachtung war auf dem Dachboden gesorgt, alle staunten nicht schlecht, als wir das riesige Matratzenlager sahen. Eine einzige große Fläche. Im Prospekt stand für 20 bis 40 Personen. Na klar, jetzt verstand ich auch warum. Einige witzelten sofort, ob wir direkt mit der Orgie beginnen sollten.

Der das sagte, erntete sogleich einen strafenden Blick seiner Ehefrau. Nun, ganz unvorbereitet waren wir nicht für die Nacht, auf der Einladung hatte man uns gebeten für die Nacht einen Jogginganzug o.ä. mitzubringen. Ich konnte mich nicht dazu durchringen, da mich diese Dinger eher abturnen und einengen. Ich hatte mich zu einem bequemen langen Nachthemd entschieden. Der Raum bot ein großes Durcheinander, überall auf den Matratzen lagen irgendwelche Utensilien, Fritzchen für die Nacht oder ein Waschbeutel. Jeder versuchte sich eine Stelle zu suchen, wo er vielleicht vor Schnarchern geschützt wäre. Ich hatte uns in der Nähe der Türe direkt an der Wandschrägen ein Plätzchen reserviert, da ich manchmal nachts raus muss. Ich ging ins Bad, eine Etage tiefer, um mich für die Nacht zu richten. Als ich zurückkam, schlief mein Mann bereits selig. Ich legte mich durch die Dunkelheit tapsend neben ihn unter meine Decke und versuchte einzuschlafen. Irgendetwas fehlte mir, ich dachte nochmal an den schönen Abend, meine Gedanken schweiften wie so häufig ab. Es waren aber auch nette Kollegen dabei, mit denen ich mir mehr vorstellen konnte als nur Konversation. Allmählich wurde ich schläfrig und drehte mich seitlich zu meinem Mann. Ich versuchte die vielen ungewohnten Nebengeräusche, Husten, Rascheln und die verschiedenen Varianten von Schnarchen zu verdrängen. Da ich wenig Alkohol trinke, waren mir die meisten voraus beim Einschlafen. Ich versuchte mich zu entspannen. Da bemerkte ich wie sich meine Decke bewegte. Irgend etwas kam da auf mich zu. Eine Hand strich entlang meiner Oberschenkel. Sollte ich mich umdrehen und dem Spiel ein Ende machen? Ich beschloss mich schlafend zu stellen, aufwachen könnte ich ja immer noch.

Die Decke hob sich auf der gesamten Rückseite. Ich spürte die Wärme eines Körpers, noch lange vor der ersten Berührung. Die Hand suchte zielsicher den Eingang zu meiner Lustgrotte. Ich bewegte mich so, dass er (oder sie?), ich hatte keine Ahnung, wer sich vor mir dorthin in die Dunkelheit gelegt hatte, glauben könnte, ich würde alles nur im Unter-bewusstsein mitbekommen. Ich zog also mein rechtes Knie etwas höher, dadurch war der Weg für meinen nächtlichen Besuch leichter. Nun spürte ich mehr als seine Wärme, er hatte meinen Slip zur Seite geschoben, seine Finger hatten sich auf eine sehr angenehme Weise ihren Weg gebahnt. Wie würde es weitergehen? Plötzlich zog er den Finger, der mir schon angenehme Gefühle beschert hatte wieder in unendlicher Langsamkeit heraus. War das mein ganzes Abenteuer auf dem Wandertag? Musste ich etwa selber aktiv werden? Ich wartet erst mal ab. Nun spürte ich etwas anderes, es war deutlich dicker als der Finger. Meine Schamlippen waren genauso neugierig wie ich. Der erste Schritt war getan. Warum um alles in der Welt ruhte er jetzt aus? Wieso ging`s nicht weiter? Kaum hatte ich diesen Gedanken beendet, hatte ich das Gefühl meine Muschi würde gesprengt. Bei anderen Gelegenheiten hatte ich mich durch einen Blick von meinen Lippen von der Größe meines Freudenspenders vorher gerne ein Bild gemacht, ein Mund ist ein sehr genaues Messgerät. Diesmal wurde ich überrascht. Der Schwanz, der da versuchte einzufahren musste eine Hammereichel haben. Ich hoffte, wenn er den Engpass überwunden haben würde, ginge es bestimmt leichter. Ich freute mich schon darauf, ihn tief in mir zu haben. Unwillkürlich rutschte mein Po auf ihn zu.

Oh je, jetzt hatte ich mich verraten.

Er beschleunigte seine Bewegungen. Toll, wie alles weichen musste. Diese Eichel brauchte viel Platz. Er schob nun mit gekonnten Stößen seine Schwanzspitze vor und zurück. Der Saft floss nur so in meiner Muschi. Allmählich hatte ich mich an seine Größe gewöhnt. Da kam der Rest. Unaufhaltsam wurde alles auseinander geschoben. Um nicht zu schreien, steckte ich mir meine Hand in den Mund. Wollte ich das? Ich hatte das Gefühl Mira hätte mir den größten Dildo ihrer Sammlung bis zum Anschlag reingeschoben. Ah, er nahm ihn wieder etwas zurück. Ich konnte wieder leichter atmen. Er zeigte mir, nach und nach erst, dass mein erster Eindruck sehr unvollständig gewesen war. Scheinbar hatte er einen Schwanz wie ein bayerischer Stiernacken, der nicht wie üblich oben und unten gleich dick ist, sondern wie ein Kegel zur Wurzel hin unten immer breiter wird.

Ich schauderte.

Solch einen Schwanz hatte ich noch nie gesehen, geschweige denn in mir gehabt. Nun kam er allmählich auf Touren. Er wusste wohl um sein Problem zwischen seinen Beinen, um das ihn andere Männer beneidet hätten. Da ich recht klein und zierlich bin, war es für ihn ein doppeltes Risiko. Er schob nun seinen Pimmel-Delux vor und zurück, dass ich dachte, er würde mir etwas herausreißen. Ich war froh, dass die Natur mich so anpassungsfähig gemacht hatte. Dann wieder konnte ich es kaum erwarten, dass er tief in mir anstieß und mich dabei so ausfüllte, wie ich es noch nie erlebt hatte. Ich wusste nicht mehr ob es Orgasmen waren, die mich durchschüttelten oder nur mein Besucher. Ich war ein willenloses Spielzeug in seinen Händen. Wie lange könnte ich noch durchhalten? Endlich kam er, normalerweise drehe ich mich kurz vorher um, damit ich von dem Segen etwas mitbekomme. Das war hier zu riskant. Also ließ ich ihn tief in mir abspritzen. Das war das letzte woran ich mich erinnern kann, manchmal ist das bei mir so, dass ich bei einem heftigen Orgasmus völlig wegtrete, so dass meine Liebhaber sich schon Sorgen um mich machen.

Ich wachte erst auf, als mein Mann mich küsste und mir zuraunte, alle anderen würden noch schlafen, er fände es *jetzt* toll. Oh je, erst jetzt bemerkte ich die Feuchtigkeit zwischen meinen Schenkeln. Es war also kein Traum gewesen. Ich nahm den mir besten bekannten ehelichen Schwanz meines Göttergatten prüfend in die Hand. Nun er hatte eine prächtige Morgenlatte, warum sollte ich sie jetzt nicht nutzen und ihm eine Freude machen. Ich drehte mich und ehe sich mein Mann versah, hatte ich sein gutes Stück schon eingeführt. Er flüsterte mir zu. „Toll wie feucht Du schon bist." Ich dachte nur, gut, dass du geschlafen hast. Dann die zweite Überschwemmung. Es wurde Zeit mich etwas trocken zu legen. Ich stand auf und ging zur Toilette. Mein Schlüpfer war tropfnass. Nun, um den würde ich mich später beim Duschen kümmern. Als ich in die Toilette kam, stand Markus da und pinkelte. Auf dieser Etage wurde nicht groß nach Weiblein und Männlein unterschieden. Er lächelte mich an, sagte aber nichts. Ich ging in eine der Kabinen, er folgte mir und drückte hinter sich die Türe zu. Sollte ich ihn raus schmeißen? schreien? Er nahm meine Hand und führte sie in seine Hose. Ich fühlte ein Teil von beachtlicher Größe. Dann küsste er mich und bat mich ihn in den Mund zu nehmen. Ich setzte mich auf den Toilettendeckel, Markus stand vor mir, ich zog seine Jogginghose herunter und sah ein wirklich ausgefallenes Stück. Als ich seine Eichel in den Mund nahm, verstand ich, warum er gestern Abend kaum hinein gepasst hatte. Die ausgeprägte untere Kante seiner Eichel hatte mich gestern zur Raserei gebracht. Jetzt würde ich ihn nur lutschen. Er bog sich vor, sein Schwanz schwoll immer noch an. Tatsächlich, er war unten viel breiter als oben. Genuss pur. Ich hatte keine Chance, mehr als nur seine die Eichel in meinen kleinen Mund zu nehmen. Er zog mich hoch, drehte mich sanft um. Ich kniete mich auf den Deckel, um höher zu kommen. Andere können das vielleicht im Stehen. Er zog meinen klatschnassen Slip bis auf die Knie herunter. Ich rechnete jeden Augenblick mit seiner Hammereichel. Statt dessen spürte ich seine zärtliche Zunge an meiner Muschi und meinem Hintereingang. Nun, wenn der wüsste, was er da zusammen leckte. Ich fand es toll, so meine Muschi gesäubert zu bekommen. Er hörte auf zu lecken und stieß nun mit seinem ausstellungsreifen Prügel etwas kraftvoller zu, als in der Nacht. Hier hatte er auch mehr Bewegungsmöglichkeiten. Nun, da die Unterkante seiner Eichel schnell vor und zurück fuhr, genoss ich es noch mehr. Als er heftiger zustieß, hätte ich mir fast den Kopf an den Rohren gestoßen. Er bemerkte das und hielt inne. Ein toller Mann, der selbst beim Fi... seine Partnerin nicht vergisst. Ich zog ihn mit einer Hand heraus und stellte mich vor ihn. Mit zwei schnellen Bewegungen zog ich mein tropfnasses kaum noch als Slip zu erkennendes Höschen aus. Ich zog seinen Hals zu mir herunter, schlang meine beiden Arme um ihn. Er verstand, ich wollte hinauf, um auf ihm zu reiten. Er griff kraftvoll unter meine Pobacken, hob mich wie ein Kind hoch. Jetzt kam das Schwierigste. Er hatte keine Hand frei sein Glied einzuführen, ich kam auch nicht dran. Ich merkte, dass es auch ohne Hände ging, ich war scheinbar so nass, dass eine Blindschleiche den Weg gefunden hätte. Ich ließ mich ganz langsam auf ihm nieder, ich wusste ja, was mich erwartete, ich wollte wissen, wie weit ich ihn aufnehmen könnte. Ich rutschte und rutschte, er drang immer tiefer, wenn ich dachte, es geht nicht weiter, machten wir gemeinsam eine Pause. Er wusste, er hatte keine Kuh mit einer Möse wie ein Scheunentor vor sich. Überall drückte der Schwanz mich auseinander.. Seine Eichel wühlte tief in mir, während sein restlicher Schwanz meine Muschi auf nie erlebte Maße aufdehnte. Ich hätte Schmerz empfinden müssen, doch ich empfand nur Lust, ich wollte immer mehr. Er drehte sich mit mir und setzte sich auf die Toilette. Ich hätte schreien mögen, so geil war ich seit Jahren nicht mehr gewesen. Ich tobte auf seinem riesigen Kolben auf und ab. Er verdrehte ab und zu die Augen. Noch war es mir nicht recht, wenn er jetzt käme. Nun, da sein letzter Erguss noch nicht so lange her war, hatte ich Hoffnung, dass er beim zweiten mal noch länger durchhalten würde. Markus war Spitze, er hielt sich zurück, ließ mich auf seinem Monster reiten und unterstützte mich mit seinen Händen. Ich riss mir mit zwei Griffen das Nachthemd vom Laib und saß Geilheit pur, splitternackt auf seinem Riesenpimmel-Delux. Den musste ich mir warm halten, wenn ich es mal wieder dringend brauchte. Ich spürte meine Beine kaum noch, aber dann lief ein Zucken und Beben durch meinen Körper, wie ich es ganz besonders liebe. Meine Muschi molk den Schwanz meiner Leidenschaft, er stöhnte auf. Ich wurde zum dritten mal in einer Nacht mit heißem Samen vollgepumpt. Ich merkte jede seiner Zuckungen. Nach dem sechsten Mal wurden eine Bewegungen schwächer. Ich stieg. mit weichen Knien von seinem Pracht-bengel, küsste die Hammereichel ein letztes Mal. Dann bat ich Markus, mich einen Augenblick allein zu lassen. Er stand auf, zog die Hose wieder hoch und verschwand. Ich verriegelte hinter ihm die Türe. Erst jetzt bemerkte ich, dass ich völlig durchgeschwitzt war. So konnte ich kaum zurück zu meinem Mann gehen. Ich nahm jede Menge Toilettenpapier und versuchte mich etwas abzutrocknen, meine Hand fuhr immer wieder durch meine Muschi, sie schien immer noch auszulaufen. Ich stopfte mir etwas Papier hinein, zog den nassen Schlüpfer an. Igitt, igitt, das Nachthemd darüber. Ich hatte ganz vergessen, dass ich eigentlich noch pinkeln wollte. Dann ging ich in den Schlafsaal, mein Mann lag immer noch friedlich da, ich nahm ein Handtuch und mein Waschzeug, einen frischen Slip und verabschiedete mich zur Dusche, eine Etage tiefer. Mein Mann murmelte nur „Ich komme gleich nach, Schatz."

Bitte, nicht schon wieder.

Holzauge sei wachsam

An einem heißen Tag Ende August hatten Mira und ich beim Shoppen mächtig viel Spaß gehabt. Wir hatten zum Entsetzen der Verkäuferin Bademoden ausprobiert. Normalerweise geht eine von uns in die Kabine, während die andere nach anderen Modellen sucht. Dann wird gemeinsam begutachtet. Heute hatten wir keine Lust etwas zu kaufen, aber anzuprobieren. Mira bekam von mir regelmäßig viel zu kleine Oberteile, die sie auch brav anzog. Ihre tollen Möpse quollen unnatürlich an allen Enden heraus. Einmal hob sie das winzige Oberteil an und als sie draußen vor dem Spiegel stand, fiel ihr zum Entsetzen der älteren Verkäuferin eine Riesentitte heraus. Mira meinte nur trocken, haben sie das vielleicht eine Nummer größer. Die ältere Dame war dann froh, als wir ausgelassen wie Schulfreundinnen das Geschäft verließen. Da wir beide etwas geschwitzt waren, hatten wir uns einen Drink verdient. Wir fuhren zu Mira nach Hause, sie wohnt ja in einem Penthouse in der Innenstadt. Während ich mich im Schatten auf ihre Terrasse ausbreitete, machte Mira drinnen alles fertig. Mira brachte einen Softdrink ohne Alkohol mit vielen Früchten und gekrunchtem Eis. Sie hatte sich gerade einen dieser sündhaft teuren amerikanischen Kühlschränke mit zwei Türen und eingebauter Bar zugelegt. Wir prosteten uns zu und mussten nochmal über unsere Verkäuferin lachen. Nun heute hatten wir den Slogan vom Erlebniseinkauf einfach mal wörtlich genommen. Während wir uns so amüsierten, kippte Mira ihr Glas so unglücklich um, das es vom Tisch direkt auf ihre Schenkel floss. Sie schrie:

„Oh, ist das kalt, tu doch was!"

Ich überlegte, wenn ich rein ging, um ein Tuch aus der Küche zu holen, wäre sowieso alles zu spät. Ich entschloss mich, ihr mit meinen Händen direkt zu helfen, die kann man ja leicht waschen. Ich kniete mich vor sie und versuchte entlang ihrer Schenkel das schmelzende Eis, vermischt mit roten klebrigem Fruchtsirup irgendwie zu stoppen, es ging nicht. Es lief nach innen und außen entlang ihrer Schenkel. Dann dachte ich, warum nicht einfach ablecken, ist doch sowieso zum Verzehr. Ich drückte ihre Schenkel ein wenig auseinander, damit ich besser dran käme. Mira kam mir entgegen und öffnet ihre schönen Beine. Mit einem Seitenblick auf die Stelle, an der sonst ihr Höschen blitzt, sehe ich ..., dieses Luder, hat die Zeit als sie in der Küche war genutzt, ihr Höschen abzulegen. Ich schaue hoch,

„Du hast ja gar kein Höschen an." sie lächelt verschmitzt.

„Mir war so heiß."

Nah, gleich wird`s dir noch heißer, du Luder! Mich unter den Tisch schicken, und ich fall auch noch darauf herein. Du wirst gleich dein blaues Wunder erleben, wenn der Kitzler abfackelt. Dann wirst du mich bitten mit Eis wieder zu kühlen. Mira lehnte sich einfach zurück, nicht ohne mit ihren Hände deutlich die Richtung für mich vorzugeben. Dann ließ sie sich von mir ausgiebig lecken. Mittlerweile war ich auch schon von all den Säften ganz klebrig. Ein Saft ist mir immer der liebste, ihr Saft. Ich leckte ihre Labien, was für ein blödes Wort für Mösenlappen, zog sie genussvoll auseinander, um mit meiner Zunge immer noch tiefer vorzudringen. Da entdeckte meine Zunge eine harte glatte Stelle in ihrer Möse, die sonst nicht da ist, Ich vermutete direkt einen Gegenstand, der ihre Lust vergrößern sollte, den ich bisher noch nicht kenne. Also Mira, willst du mir mal wieder als nicht verheiratete eine Lektion in Sachen Luststeigerung geben? Ich nahm den Kopf zurück, damit ich besser sehen konnte, aber irgendwie fühlte ich mich dabei beobachtet. Ich ziehe ihre tollen Lippen auseinander, da traf mich der Schlag. Aus ihrer Mösc schaute mich etwas an. Sie lachte sich halbtot, über meine „schreckhafte Art." Ich sah nun ein kleines durchsichtiges Nylonschnürchen, was mir vorher wegen meiner Geilheit entgangen war. Mira hatte ein grünes Glasauge in ihrer Möse auf einem Dildo ähnlichen Ding festgemacht. Verdammt, Mira weiß mich immer richtig einzuschätzen. Wenn ich ihre Möse schmecke oder rieche, setzt mein Verstand aus. Ich kann gut verstehen, dass es Männern ähnlich geht. Flutsch, ist der Verstand in der Hose, besser im Sack verschwunden. Ich war immer noch geschockt. Na ich weiß nicht, wie sie reagieren würden, wenn sie plötzlich von dieser Stelle beobachtet würden. Als ich mich etwas von meinem Schreck erholt hatte, sagte Mira.

„Ich hab das Ding von einem Augenarzt abgestaubt."
Ich war sprachlos, wie selten. Mira genoss es.

„Genug mit dem Auge. Leg dich Kleines, jetzt werde ich alles wieder gut machen."

Allzu bereitwillig kam ich ihrem Wunsch nach, natürlich ließ ich mir das nicht anmerken und meinte, für heute sei es aber genug. Ich müsste sowieso noch was erledigen. Mira drückte mich sanft aufs Sofa, hob meine Knie an, legte sie über ihre Schulter, so als wenn sie sagen wollte, du läufst mir nicht weg. Wenn ich deinen Kitzler erst mal berührt habe, wirst du nur noch winseln, bloß nicht aufhören. Ich ließ mich scheinbar widerstrebend von ihr auf meinen Rücken drücken. Als ihre Zunge die Innenseite meiner Schenkel entlang fuhr, hätte ich am liebsten gerufen, Du Luder, weißt genau, dass ich auf was anderes warte. Aber Mira ließ sich nicht beirren, sie bestand auf einer vollständigen Wiedergutmachung. Nah, mir konnte es recht sein. Sie kannte meine reizbarsten Stellen besser als mein Mann und der hat schon viel Zeit darauf verwendet, jeden Zentimeter meines kleinen Luxuskörperchen genau zu erkunden. Der Anfang für eine Zunge ist immer etwas haarig (aber meinen Bären zu rasieren oder auch nur zu stutzen, kam nicht in Frage), wenn· erst mal meine Muschi voll eingesaftet ist, kommt eine Zunge leicht bis an die Pforte zur Glückseligkeit. Mira ist eine Meisterin, sie kann meine Muschi genau so perfekt lecken, wie sie Männerschwänze nach Belieben in jede Form bläst. Von hart bis, nah sie wissen schon ... Ich vergaß allmählich das Auge, schaute in mich hinein, konzentrierte mich voll auf meine Muschi und es dauerte nicht lange, da zogen die herrlichsten Bilder in meinem Kopf herum, ich glaubte über eine große Wiese mit den farbenprächtigsten Blumen mit der Leichtigkeit eines Schmetterlings zu fliegen. Ich glaubte die Vögel zwitschern zu hören, da spürte ich diesen herbei gesehnten Augenblick mit einer Intensität, die ich leider nur selten erreiche. Die Eindrücke in meinem Kopf wurden nur noch von einer zuckenden Muschi diktiert. Ich hörte jemanden schreien, „weiter, weiter," mein Verstand merkte nicht mehr, das ich selber rief. Mein Verstand hatte mich verlassen. Miras Zunge hatte sich mit meiner Muschi verbündet, um mir zu zeigen, das mein Verstand nicht in der Lage war, alle Regungen meines Körpers zu steuern. Um die Wahrheit zu sagen, er hatte jeden Einfluss verloren. Ich tobte vor Miras Mund, das sie Mühe hatte, mich zu bändigen. Endlich schüttelte es mich so heftig, dass mein Unterbewusstsein meinte, jetzt wäre es genug. Ich bekam diese Regungen gar nicht mehr mit. Mira erzählte mir hinterher, als ich wieder in ihren Armen erwachte, ich sei plötzlich wie vom Blitz getroffen zusammen-gesunken, so dass sie sich schon Sorgen gemacht hatte, ob sie nicht übertrieben hätte mit ihrer Wiedergutmachung. Da ich aber nach einer Phase mit schmerzverzerrtem Gesicht, ein entspanntes Lächeln zeigte, war sie ganz zufrieden mit ihrem Werk und wartete nur darauf, dass ich wieder erwache. Als ich aufwachte, muss ich sie wohl nicht besonders gescheit angesehen haben.

Nun Sex lässt einen nicht immer intelligent aussehen.
Ich küsste sie auf den Mund und schmeckte mich.
Mira meinte,
„Komm wir legen uns noch in die Badewanne."
Ich war zu müde, um zu widersprechen. Sie ließ
Wasser in ihre schöne Rundwanne ein, von der man
(Frau) aus ihrem Penthouse so schön über die Stadt
schauen konnte. Die Scheiben waren nicht nur der
Wärme wegen von außen beschichtet. So konnte man
Tag und Nacht herausschauen, aber nicht herein. Ich
hatte Mira schon immer fragen wollen, wie oft sie
hier mit einem Kunden ein Geschäft mit ihrer Möse
erpresst hatte. Vielleicht tat die Zahl auch gar nichts
zur Sache. Mira wusste eben immer genau, wofür es
sich lohnt, Geld auszugeben. Heute genoss ich einfach
den Ausblick und die Wärme. Mira wollte mir zur
Erfrischung ein Glas Sekt anbieten. Ich lehnte ab, ich
hätte jetzt schon Probleme, meinem Mann zu
erklären, warum ich am frühen Nachmittag so müde
war. Na, vielleicht könnte ich mich zu Hause noch
etwas ausruhen, bevor er von der Arbeit kam.

Ende Teil **1**

Ich hoffe, Sie hatten beim Lesen genau so viel Freude, wie ich beim Schreiben.

Ihre

Victoria

Wenn Ihnen/ Dir diese Geschichten gefallen haben, freue Dich auf die Fortsetzung, die schon in Arbeit, was sage ich im Vergnügen ist.

Der Titel wird wieder **Anna** lauten.

Mehr ist nicht genug 2

© 2023, AnnaVictoria Suks
Herstellung und Verlag:
BoD – Books on Demand, Norderstedt
ISBN: 9783757812355